講談社文庫

空に住む

小竹正人

講談社

空に住む

私は空に住んでいる。
ちっぽけに、
まるでオモチャみたいに東京の街が広がるパノラマの上空。
夢幻と現実の狭間を漂っているような気持ちになる青の住処《すみか》。
背中に羽根が生えているわけでも、
死んだわけでも、
戯言《ざれごと》を言っているわけでもない。
少し長くなるけれど、
まずは私が此処《ここ》に住むことになった経緯を知ってほしい。
だって私は、
本当に空に住んでいるのだから。

1

きっかけは雅博《まさひろ》おじさん。

雅博おじさんは、私の父・小早川直人《こばやかわなおひと》の歳の離れた弟である。少年時代から人並み外れて好奇心旺盛だった彼は、実家のある新潟県K市の高校を卒業後、すぐに東京へと旅立った。なんだかんだ苦労しながらも、周りの人の心を虜《とりこ》にする明るい性格と、もともと持ち合わせていたのであろうビジネスの才覚で、絵に描いたような大都会のサクセスストーリーを歩んだらしい。

上京から二十年以上経った現在では、都内で小さなホテルや多数の飲食店を経営している。

私の父も、地元で一番有名な建設会社の副社長に就いていて、小早川兄弟は早くに両親を亡くしたにも拘《かかわ》らず、一方は地元・新潟で、もう一方は東京でそれぞれ『お金持ち』と呼ばれる成功者になった。

父より一回り以上年下の雅博おじさんの感性はとても若々しくて斬新で、私は昔から彼のことを兄のように慕い、心から大好きだった。

「まさひろおじちゃんと結婚する」

小学校に上がるまでずっと言い続けていて、私の母親・芙由子《ふゆこ》が言うには、私の初恋の人はまごうことなく雅博おじさんだったそうだ。

小学校の高学年にもなると、春休みもゴールデンウィークも夏休みも、長い休みの前には必ず、

「まさひろおじちゃんの所に行く」

と言い出すのが常で、心配する両親をよそに一人で新潟から東京まで新幹線に乗って彼を訪ねていた。

多忙な仕事の合間を縫い、いろんなところに連れて行って、いろんな経験をさせてくれた雅博おじさん。彼が会社で仕事をしている間は、私は彼のマンションのリビングルームで童話やマンガを読んで一人で過ごしていた。随分と長い時間を一人きりで費やしたが、知らない街の広い部屋での留守番なんて全然怖くなかった。

物心ついたときから「変わっている子」「愛想のない子」「子供らしくない子」と言われていた一人っ子の私は、他の子供たちとゲームや人形で遊ぶくらいなら一人で静

かに本を読んだりお絵かきをしたり空想の中で遊ぶ方が好きだったから。

冬休みは雅博おじさんが新潟の我が家に帰省して年越しを共にするのが常だった。煙たがることも邪険にすることもなく「直実《なおみ》、直実」と、いつだって私を連れ回して可愛がってくれた雅博おじさん。ファザコンではなくアンクルコンプレックス。家族愛とも恋とも憧れとも違う、何かもっと柔らかい安堵感で包んでくれて、同じ目線で接してくれる彼は、私にとってかけがえのない存在。私の感受性の大半は彼が植え込んでくれたのだと思う。

裕福に何不自由なく育ってはいたが、朝から夜中まで仕事ばかりだった父や、その父のことだけを二十四時間乙女のように寵愛し思いやる専業主婦の母との生活は、家族水入らずで居ても私だけそこに存在していないような、何故か少し窮屈で居心地の悪い思いを私に抱かせていた。いつからか私は、早く大人になって実家を出て、雅博おじさんのいる東京で暮らしてみたいなあと思うようになっていた。

中学生の頃から雅博おじさんに、

「英語だけは絶対に勉強しておいた方がいい」

と言われ続けていたので、英語だけは真剣に勉強して、地元の高校在学中から、卒業後は絶対に東京の大学に進学して外国語学部で英語を専攻しようと当然のように決めていた。第一志望の大学から合格通知を受け取ったときには、天にも昇るような、未踏の理想郷の入口に立ったような晴々しい気持ちになった。

無口な父と、私の存在にあまり興味を示さない母との生活から抜け出すことに未練も心残りも全く感じなかった。雅博おじさんの近くで新生活を始められることが嬉しかったし、昔から数えきれないほど訪れていた東京の「他人に干渉しない心地よい冷たさ」が私の性には合っていると思っていたから。

上京の際にはハナも一緒に連れて行った。ハナはアメリカンショートヘアーの雌猫で、中学の入学祝に父が買ってくれた私の大切なパートナー。ハナが我が家に来て以来、両親とよりもハナと一緒に過ごす時間の方がずっと長かった。

いじめられたり仲間はずれにされていたりしたわけではないが、同級生や幼なじみと集まったり、家族団欒《だんらん》の場でどこかアウェイな思いをするより、ハナの近くで一人で気ままに過ごす方が何倍も気楽で幸せだった。

そんな気質だった私は学年を重ねるごとにどんどん誰かや何かと向き合うのが苦手になり、他人との関係をやりすごすのがどんどん得意になっていった。わがままではなかったが協調性がなく、大人にとっても子供にとっても扱いにくい少女だったのかも知れない。

記憶にある限り、私は両親にどこかに行きたいとか何かが欲しいとねだったことはほとんどなかったが、デパートの屋上のペット売り場の小さな檻《おり》の中に居るハナと目が合った瞬間だけは、

「絶対に自分で世話をするからどうしてもこの子を飼いたい」

と突発的に父に懇願した。人生で両親に本気でお願い事をしたのはハナを家族の一員に迎えること、そして、

「雅博おじさんのところに遊びに行きたい」

「東京の大学に進学したい」

この三つだけだったはずだ。

東京で暮らし始めてからも特に波乱万丈な生活や人生をひっくり返すような革命的な出来事はないまま、大学生活の四年間を過ごし、卒業後は雅博おじさんの強力なコネクションで中堅どころの出版社に就職し、生活情報誌の編集部に配属された。不景気の就職氷河期だったので大学時代の同級生たちからはかなり羨ましがられた。

熱意も上昇志向もさしてなかったが、与えられた仕事は真面目にきっちりとこなしていたから、編集部の仲間たちから信頼はされていたような気がする。
生活情報誌の編集部は同じ出版社のファッション誌やコミック誌や文芸誌の編集部に比べると時間に縛られることが少なかったので、さほど大変な思いをすることなく淡々とした毎日を送っていた。アフターファイブや週末を同僚との食事やお酒の時間に費やすことはほとんどなかったが、雅博おじさんは近くに住んでいて頻繁に会えるし、ハナとの暮らしは安らかで快適だったし、思った通り、東京の生活は田舎のそれよりずっと充実していて煩わしくなかった。

出版社での仕事にもすっかり慣れて、気付かぬうちにやりがいのようなものが私の中で芽生えてきた頃、雅博おじさんが結婚することになった。四十五歳、初婚である。

彼が初めての伴侶として選んだ女性は、一回り下の飯田明日子《いいだあすこ》さん。明日子さんは大阪の有名な美容室のトップスタイリストだったが、何年にもわたる雅博おじさんの真摯《しんし》で強力なアプローチに心を動かされ、美容室の社長と何度となく話し合いを重ね、説得し、ようやく東京に来て、子供を授かって育児が一段落するまでは専業主婦をすることになった。

雅博おじさんと付き合い始めて結婚が決まるまでのここ数年、明日子さんが東京に来るたびに私も彼女に会っていた。

彼女は初めて会ったときから私を「直実」と呼び捨てにした。最初から遠慮会釈もなく相手の名前を呼び捨てにする人って、馴れ馴れしかったり無粋な媚《こび》を含んだ性格の人が多いが、明日子さんに呼び捨てにされるのは全く嫌ではなかった。昔から私が雅博おじさんを大好きだったこと、そして彼から多大な影響を受けて育ってきたことを、明日子さんは雅博おじさんからあらかじめ聞いていたのであろう。

出会ったその日からまるで私が昔からの身内であるかのように、親密な、けれど押しつけがましくない優しさを見せてくれていた。大阪の美容室での十年以上のキャリアの中で人間関係の機微を学んでいた彼女は、聡明で面白くてクールで、不思議なくらいさりげなく、すんなりと私の心の中に入ってきた。

「私の初恋の人って雅博おじさんだったんだって。お父さんともお母さんとも手を繋ぎたがらないのに、雅博おじさんがいるといつも手を繋いでもらってた憶えがある」

雅博おじさんへの想いが、恋心とは明らかに違うと、充分すぎるくらい理解できる年頃になっていた私がそう打ちあけると、

「あの人は良いも悪いもいつも無邪気で素直だからねえ。子供がグッとくる何かを持ってるんだろうねえ」

明日子さんは、可笑《おか》しそうに笑って答えた。

クリスマスの数日前、六本木のミッドタウンのホテルで二人の結婚式が盛大に行われた。昼間なのにイルミネーションが星屑のように見える。

ウエディングドレス姿の明日子さんはため息が零《こぼ》れるほど綺麗だった。たおやかさと強さに純白を纏《まと》ったような、女性らしいのに凜《りん》とした微笑み。終始ニコニコしていた雅博おじさんも、今までに見たことがないような凜々《りり》しい、けれど幸せそうな顔をしていた。

新潟から上京して来た両親と同じテーブル席で私は何度も目頭を熱くして、雅博おじさんと明日子さんの新しい門出を心から祝福していた。披露宴の会場にあるものの全てが、そこに居る全ての人が、充足感で包まれているような結婚式の主役二人から目が離せなかった。

「雅博くん、嬉しそうねえ。明日子さん綺麗ねえ」

相変わらず母は父にばかり話しかけていた。まるで自分がウエディングドレスを着ているかのように嬉々として二人と父を交互に見つめながら、

「やっぱり結婚式っていいわねえ。直人さんと結婚式を挙げたときのことを思い出すわあ」

と悦に入っていた。どうしてこの人はこの世の全ての出来事を自分と父に結び付けて考えるのだろう。

温室育ちで、学習院女子大学に通っていたことと父と結婚したことだけを誇りにずっと専業主婦をして、一度も社会に出たことがないからだろうか。いつまでも老《ふ》けない、おめでたいあどけなさを持ち続けながら父を愛することを唯一の生きがいにしている。

「直実ちゃんのお母さんって本当にかわいいよね」

子供の頃から周りの人に言われてきたが、私は母の中に在《あ》る稚拙な乙女心にいつもハラハラしたり苛々したりする。

式が始まる前に親族の控室で雅博おじさんが、

「俺もイイ歳なんで、早く子供を授かりたいんだよね」

と父に言ったときに突然横から、

「しばらくは子供なんて作らないで二人の時間を過ごした方がいいわよ。今は高齢出産なんて当たり前だし、子供が居ると楽しい時間が急に減るわよ。子供が居ない方が夫婦円満が長続きするかもしれないじゃない？」

満面の笑みを浮かべてしゃあしゃあと口をはさんで一族を凍りつかせた母。婉曲に私の存在を邪魔だと言ったようなものだ。空気の読み方に悪気がないからなおさら質《たち》が悪い。結婚式に没頭していたかった私は、そんな母への苛立ちを頭の中から追い払うように再び新郎新婦を見つめた。

素晴らしい式が終わり、皆が二次会に繰り出したあと、両親の宿泊する部屋でお茶を飲み、

「ハナにゴハンをあげなくちゃならないからそろそろ帰るね」と言いかけたら、着物を脱いでワンピースに着替えた母が、

「頭が痛いわ。直ちゃん、頭痛薬持ってない？」

苦しそうな声で私を呼び止めた。普段はバッグの中に必ず頭痛薬を常備しているのだが、この日は結婚式用の小さなバッグで来ていたので、持ってないよと言おうとしたその瞬間、

「痛い、痛い、痛い！　直人さん、頭が痛い！　直人さん！　直人さん！」

今まで聞いたこともない、振り絞るような大声で叫んで、いつもは穏やかな表情を激しく歪ませて、母は床にうずくまった。あわてて救急車を呼び、父と共に付き添って近くの大学病院に行った。

「クモ膜下出血です。ご家族のどなたかがこの手術の同意書にサインしてください」

緊迫した声で医師に言われ、父が同意書にサインをした。苦痛に顔をしかめながら手術室に運ばれて行く母は、朦朧《もうろう》としているであろう意識の中でそれでも、

「直人さん！　直人さん！」

と父の名前だけを呼んでいた。結婚式のあとの私と父は病院に最もそぐわない華美な服を着たまま、手術室に運ばれて行く母を茫然と見送った。

テレビや映画でしか見たことのない、赤く縁取られて点灯している「手術中」の文字を見ながら、私たちはほとんど会話もなく数時間うなだれていた。窓の外がすっかり暗くなり、病院の奇妙なまでに白い照明が灯された頃、「手術中」の明かりが消えて、執刀医が現れ、

「残念ながら、脳動脈瘤《りゅう》の破裂がひどすぎて一命を取り留めることができませんでした」

頭を少しだけ下げた。

「芙由子……」

青い顔でつぶやいたまま立ちすくむ父。私はこれもまたドラマか映画を観ているみたいだなあとぼんやり思いながら、雅博おじさんと明日子さんの結婚記念日と母の命日が同じ日になっちゃうんだなあと、何だかやるせない気持ちになっていた。

母は父にとっては最高の伴侶だったのだと思う。母だけではなく、父も母のことを心から愛していた。

母は毎日、一切手を抜くことなく甲斐甲斐しく家事をこなしていた。家の中も庭も綺麗に掃除して、栄養のバランスを考えながら夫の好物を食卓に並べ、玄関や寝室に花を飾り夫の帰宅を待つ生活。父のために綺麗で居続けようと、足しげく美容院やビューティークリニックに通い、「美」への努力も怠らなかった。

ずっと父のことを「直人さん」と名前で呼び、

「直人さんから一文字とって『直実』にしたのよ」

誇らしげに、とっておきの秘密を打ち明けるような顔で言っていた母。

母の、父への過剰な愛情表現を目の当たりにして育った私は、拗《す》ねているわけでもいじけているわけでもなく、「母に愛されている」と心から思ったことが一度もなかった気がする。

「直人さん！　直人さん！」、最後の最後まで愛する夫の名前を叫びながら、しかし私の名前を呼ぶことなく逝った母。最期まで父の妻としてはふさわしい人だった。

母の亡骸《なきがら》と共に新潟に帰り、私が第一にやったことは喪服を探すことだった。父方の祖父母も母方の祖父母もすでに亡くなっており、最後に参列したのは母方の祖母の葬式だった。当時私はまだ中学生だったので中学校の制服を着た。制服の要らない歳になってから初めての葬式。田舎町の洋品店を廻り、地味で質素だがあまりおばさん臭くない黒いワンピースを買った。喪服を探しながら、母が死んでしまったことをとぎれとぎれに反芻《はんすう》し、「お父さんが可哀想だなあ」と、そればかり思っていた。

喪主である父は、信頼のできる葬儀社と共に迅速に適切に母のセレモニーの準備をしていた。仕事人間の父らしいその行動は、母の死を刹那的に忘れるための対処法だったのか、悲しみに暮れた様子を抑え込みながらも、

「お母さんのために立派な式にしてあげよう」

と次々に葬儀の形態、形式、規模、日程などを決め、私には、

「直実は、アルバムの中からお母さんの遺影写真を選んであげてくれ。笑顔の写真がいいな」

少し泣いているような恥ずかしがっているような顔で言った。私の成長の記録を貼り付けたアルバムより、父と母の愛の軌跡のアルバムの方が何冊も多かった。その中から、去年二人でハワイに行ったときに父が撮影した母の写真を選んだ。青い空の下で何の迷いもなくただ幸せそうにファインダーの向こうに居る父を見つめて笑っている母の写真。娘の私が見ても、そこに写る母は咲き誇る花のように綺麗だった。

ごく近しい者が亡くなりその儀式を取り仕切らなくてはならなくなったとき、あまりの慌ただしさに哀しみや喪失感は保留しなければならない。葬式というものは雑務に忙殺される。我が家は田舎の大きな邸宅だったので自宅で通夜と葬儀を執り行うことになった。

母は友達らしい友達がいない人だったし、師走《しわす》の慌ただしい時期だったのに、かなりの数の知人や父の関係者、親戚が訪れた。

深い人付き合いのない私はあまり多くの人に母の死を報《しら》せなかった。ハネムーンを

返上して雅博おじさんと明日子さんが駆けつけてくれたときと、大学時代の唯一の友人であった柏木美雨《かしわぎみう》がはるばる東京から焼香に来てくれたときにだけ、堪《こら》え切れずに泣いた。それ以外は喪主の父の隣で、参列してくれた人にひたすら頭を下げていた。たくさんの花に囲まれて写真の中で笑う母は、死の儀式には場違いなほど幸せそうに見えた。

初七日も過ぎ、新しい年が来て、やっと母の不在を実感できるようになった冬の日。

私は東京に戻り、この長い欠勤を有給休暇扱いにしてくれていた勤務先の出版社に退職願を出した。

「黙々と仕事をしてくれる小早川さんが辞めると困る人がたくさん出てきちゃうなあ」

と編集長は言ったが、事情が事情だったのですんなりと退職願は受理された。家のことを百パーセント母に任せっぱなしだった父を新潟の家に一人で住まわせるわけにはいかない。私はマンションを引き払い、ハナを連れて帰った。

母の遺品の整理をしながら父の身の回りの世話をする日々。生前の母は私が大学に入るまで毎日のように、

「今日は直人さんのために凝ったお料理を作ったの」

「デパートに行ったら直人さんに似合いそうなネクタイがあったから買っちゃった」

「直人さんはシャツに糊付けしてきっちりアイロンをかけないと嫌がるの」

父のための行動の一部始終を私に事細かく報告していたので、父の世話をすることは私には容易《たやす》いことだった。

朝から晩まで仕事ばかりしている父に、簡単な朝食を作り、掃除や洗濯や庭の水やりなどの家事をして、あとは一汁三菜程度の献立の夕飯を用意すればそれでよかった。

短い会話はあったが、昔から無口な父といきなり話すことがたくさんできるわけもなく、思い出すのが辛いのか、母のこともほとんど話題には出なかった。一緒に食事をするときには点《つ》けっぱなしのテレビを観ながらその時間を過ごした。

長い間多忙を極めている人は余暇の使い方が下手なのだと思う。何もせずにじっとしていることに罪悪感を覚えるらしい。昔から父は休みの日にも積極的にゴルフや釣りやスポーツジムに出かけていたし、外出しないときには自室で難しそうな本を読ん

だりしていた。

さすが親子と言うべきか、私も父もお互いを避けていたわけではなく、ただ沈黙や静寂が好きな似た者同士だった。お喋りな母がいなくなって無口な二人が残った、それだけのこと。

ハナも父にはなついていた。父は寡黙だけれど優しい人で、私は私なりに彼を父親として愛していた。

父と母と三人で暮らしていた頃より、父とそしてハナとの生活の方がずっと家族の温もりを感じてしまう私は薄情で冷血なのだろうか？

専業主婦のように過ごす毎日は取りたてて大きな出来事は起こらないが、穏やかである。家事はそのパターンがわかってくるとすんなりスムースにできるようになる。

時間を持て余すようになった私はよく海に行った。我が家の前の道をまっすぐ進み、ゆるい坂道を下りるとそこに日本海が広がっている。冬の海に滲《にじ》む夕暮れを眺めたり、海に降る雪が波風にビュンビュンと散って消えていくのを見たり、拾わないし持って帰らないけれど綺麗な貝殻やツルツルになったガラスやマーブル模様の小石なんかを探したりした。

波音を聞きながら、私はつまらない女だなあ、一緒に散歩できる犬でも飼おうかなあ、猫をもう一匹飼うのもいいなあ、なんていろいろな思い付きをいつもポカンと頭の中で呟いていた。冬の海岸は二十代半ばの私のモラトリアムをあざ笑うかのように激しい波音を轟かせ、刺すように痛い寒さなのにもかかわらず、何故か私には居心地が悪くない場所だった。

陽の当たらない裏道の根雪もすっかりなくなった早春の夜。夕飯に父の好きなハタハタを焼き、それに添える大根をすりおろしながら、台所に立つときにはいつもそうであるように私の足元にまとわりつくハナの背中をソックス越しに撫でていたとき、携帯電話が鳴った。

新潟に帰省してから頻繁に連絡を取っているのは雅博おじさんと明日子さん、あとは大学時代の同級生の美雨だけだったたし、ほとんどがメールの交換だったので、メールのそれとは違う着信音に少し奇妙な思いがした。

雅博おじさんも明日子さんも美雨もこの時間は私が夕飯の支度をしていることを知っている。父から帰宅が遅くなる旨の電話がかかってきたのかと思ったが、ディスプレイには知らない番号が表示されている。携帯電話を持ち始めてからイタズラ電話なんて一度もかかってきたことがない。誰だろう？

「はい」

「もしもし？　こちらは新潟県K市警察ですが、そちら小早川直実さんでしょうか？」

「……はい」

中年の、少し甲高い声の男。

「小早川直人さんの娘さんの小早川直実さんで間違いないですね？」

「そうですけど」

「三十分ほど前にお父さんが山沿いの国道でスリップ事故を起こして、意識不明でK市中央病院に運ばれました。至急そちらに向かってください」

早口で事務的に言われた。大急ぎで魚焼きグリルの火を止め、コートを着て、携帯電話と財布だけを持ち、冷静さを取り戻すかのように深呼吸をしてハナに、

「ちょっと行ってくるからね。待っててね」

と声を掛け、ガタガタと震えるのを抑えきれぬまま家を出た。

即死だったそうだ。

雪深い土地にありがちな山からの雪解け水で春先までアスファルトが濡れている山道。ご丁寧にも『急カーブ!!　スリップ事故注意!!』の立て看板がある事故の多発地帯として有名なその場所で父は車ごとガードレールにぶつかった。運転席側の窓に思いきり側頭部を強打し、エアーバッグは何の役にも立たなかったそうだ。

父の葬儀の慌ただしさは母の葬儀のそれとは比べものにならなかった。今回もすぐに駆けつけてくれた雅博おじさんと明日子さんが尽力して取り仕切ってくれたが、父の社会的地位にふさわしいような格調高い葬儀にするため、喪主である私にもやらなくてはならないことが山ほどあった。

感傷に浸る時間などなかったはずなのに、父は母の葬儀の喪主を務めているときに哀しみを押し殺して気丈に奔走していたのだなあと思ったら泣けてきた。

私が幼い頃から無口で朴訥《ぼくとつ》だった父とは強烈で絶対に忘れられない思い出がたくさんあるわけではない。けれど、淡くて心が温まるような、忘れたくないような思い出はたくさんある。たった一人の父親だったのに、もっと優しくしてあげればよかった。もっと普通の女の子みたいに甘えてみればよかった。もっともっとたくさん話をすればよかった。この数ヵ月、父との二人暮らしで不器用ながらも確固たる親子関係を築きつつあった私は、もう優しさや愛情を父に注ぐことのできない自分を悔いた。

ごめんね、お父さん。

一人っ子の私のために、父も母も私を受取人に指定したかなり高額な生命保険に加入してくれていて、彼らの死後、私は莫大な金額の保険金を受け取った。

仕事が生きがいで、それを成功させていた父はかなりの資産家だったので、私はその他にも膨大な遺産を相続した。

狭い田舎町では、噂はすぐに広がる。

私が両親の相続人としてその財産を手にしたことは瞬く間に近隣の人や親戚に伝わった。彼らにとって私は無知で幸せなシンデレラのように見えているのだろう。全く疎遠だった近所の人々や幼なじみや旧友たちが、降って湧いたかのように我が家を訪れるようになった。

田舎の人は他人の家を突然訪ねることに礼儀を必要としない。無遠慮に馴れ馴れしく、それが親切なことであるかのように他人の家に上がりこむ。

「事情があって本当に困っていて」

「絶対に返すからいくらか用立てて欲しい」

「海沿いに新しくできるマンションを買わないか？」

「一緒に事業を始めないか？」

その他にも、あれやこれを買って欲しい、絶対に胡散臭《うさんくさ》くない真っ当な宗教団体だから寄付して欲しい……など、誰もがお決まりの弔意を述べたあと、様々な理由を付けて私に媚びた目を向けた。

急に口座に大金が振り込まれたせいで、地元の銀行も頻繁に連絡をしてきたり我が家にやってきたりした。こんな時代、使い道のない、有り余るお金を持っている者には銀行さえも意欲的に近寄ってくる。完璧な営業スマイルで延々と資産運用や投資に関する話をし、様々なパンフレットを置いて帰って行った。

一番厄介だったのは、母の兄弟とその子供たちだった。

父方の親戚は早くに逝ってしまった人が多かったし、残された者たちも実直でまともな人が多い。今回の事故のあとも、両親に先立たれた私に真摯にお悔やみと慰めの言葉を掛けてくれた。

しかし母方の一族は不思議なくらいお金にだらしない人ばかりだった。もともと母の生家は母の両親の代まで小地主の旧家で、裕福だった。何人もの子供が生まれたが、過保護に甘やかした結果、子供たちは皆、揃いも揃って自立心に欠けていて、母の両親が亡くなり財を食いつぶしたあともまともな仕事に就いている男が一人もいない。十年以上も会っていなかった彼らは私を心配する素振りをほんの一瞬だけ見せ、その後、哀悼の意を表することもなく金の無心をしてきた。

「おめさんさあ、すんげえ金持ちになったんだろ？　みんな知ってるんだで。一人占めしねえでちょっとくらいこっちにも回してくれてもいいねっけえ？」

強烈な新潟なまりでまるで自分たちにも正当な相続権があるようなことを言い、強請《ゆすり》やたかりのように詰め寄ってくる有象無象《うぞうむぞう》たち。

相次ぐ招かざる客たちに困り果てて辟易《へきえき》してしまった私は、とりあえず今は私の一存ではどうにもできないと言い、彼らを帰し、玄関の鍵とチェーンを厳重にし、ドアチャイムと自宅の電話機のコードを抜いた。

数日間は、部屋の明かりが外にもれないように、ひっそりと犯罪者のように息を潜めて過ごした。そんな状況でも変わらずに私に甘えてすり寄ってくるハナだけが灯火《ともしび》だった。

週末、雅博おじさんが明日子さんと一緒に私に会いに来てくれた。

父の葬儀が済んでから、私の手を握り締め、「またすぐに来る」と唇を噛み締めて東京に戻った二人は、一人と一匹暮らしになってからの我が家には初めての嬉しい来訪者だった。

　雅博おじさんが海沿いの市場で買ってきた日本海の幸を並べ、久しぶりに三人で食卓を囲む。即席の家族団欒はとても楽しかったし、キッチンとダイニングルームには生気が溢れていた。私はこの二人といるときには少し饒舌《じょうぜつ》になるようだ。主に雅博おじさんと私が昔話に花を咲かせ、その花をさりげなく明日子さんが摘み取る、そんな時間。父の話題にも母の話題にもあまり触れなかったが、母方の親戚や知人が金の無心に来て困り果てた話をしたときに、二人の顔が歪んでその場が張り詰めた。

　食事が終わり、明日子さんと並んで食器を洗っていたら、私の顔を見ずに明日子さんが言った。

「ねえ直実、東京に戻っておいでよ。ここに一人で住んでるの良くないと思う」

　コーヒーを淹れ、明日子さんが自由が丘の有名なパティスリーで買ってきてくれた焼き菓子を皿に盛り、リビングルームのソファーで二人と向き合う。食事中の雰囲気とは明らかに異なる緊迫した空気が流れる中、雅博おじさんが最初に口を開いた。

「さっき、明日子が言ったことだけど。直実は兄さんも義姉《ねえ》さんも亡くして兄弟もいない。しかも俺たちにはまだ子供がいない。昔から直実は実の娘とか妹みたいに俺にすごくなついてくれてたよね？　だからさあ、これからはもう兄さんの代わりに俺のことを父親だと思って頼って欲しいんだ。東京においでよ。ここは一人で住むには広すぎるし淋しすぎるよ」

莫大な、おそらく一生食べるのに困らないくらいの遺産を相続していた私は、その使い道をあまり真剣に考えていなかった。それに群がる人々に呆れ果てていたし、お金が持つ威力への恐怖心がどんどん募っている。これからの自分のことに関してもあまり現実味を持って考えていなかった。雅博おじさんに相談してどこかに小さなマンションを購入して、可能ならば以前勤めていた出版社に復職させてもらい、それが不可能なら何か仕事を探し、これからも何となくのんびりと暮らしていければいいと思っていた。もともと住む場所や環境に絶対的な希望や条件があるタイプではない。

「私もこの人に賛成。直実、東京においでよ。東京の方が直実には暮らしやすいんじゃない？　それともご両親との想い出があるこの場所を離れるのは辛い？　地元に住んでいる方が楽？」

今度は明日子さんが聞いてきた。ただでさえ地方の田舎町の持つ閉鎖的な感じが嫌いで、他人と関わることが得意ではない。父の死後、ますますその思いが強くなっていた。

「全然。この町にも周りの人にも何の思い入れもないし、ここに住んでいたいとも思わない。東京の方がずっといい。雅博おじさんも明日子さんもいるし、大学時代の唯一の友達の美雨も東京に住んでいるし」

私が言うや否や、

「じゃあ、東京に引っ越そう！」

二人は心から喜ばしい顔をして口を揃えた。

「うん。そうする。私、お金持ちになったから都内にマンションを買うよ。雅博おじさん、申し訳ないんだけどどこかに手頃なマンションを探して？　私はハナと一緒に住めればどこでもいいから」

「実は俺たち、新しくできたマンションに二週間後に引っ越すんだ。俺たちのところに一緒に住んでもらってもいいんだけど、直実、昔から一人になる時間がないとダメだろ？　だから、明日子とも相談して俺たちと同じマンションの別の階に直実用の部屋をもう借りてあるんだ。広すぎず狭すぎずちょうどいい広さだと思うし、ペット可のマンションだからハナも一緒に住めるよ。いやぁ～良かった！」

「えっ？　自分で払うよ。ちゃんと自分で借りるよ」

「ダメダメ。俺は新しい父親なんだから、甘えてよ。しかもさ、直実、わかってないかもしんないけど、俺、すごーく金持ちなんだよ。直実よりずっとずっと金持ちなんだから！　ああ、良かった。直実が新潟に居たい、東京には行きたくない、って言ったらどうしようかと思ってたんだ。まあ、そうなったら明日子が、直実の首根っこを押さえてでも無理やり東京に連れて行く！　って言ってたんだけどね」

豪快に笑う雅博おじさん。その横でほらね？　と言わんばかりの顔で微笑みながらハナを抱いてくれている明日子さん。涙が出た。悲しみや辛さからではない、幸せな嬉しい涙を流したのは記憶にないくらいしばらくぶりだった。

銀行や不動産屋との面倒な手続き、家の売却や遺産の整理は、全て雅博おじさんがやってくれた。全てを片付けるのは想像を絶する苦難だったと思う。他の親戚や周りの人々にずいぶんとやっかみ、ねたみ、そねみを言われながらも、抜かりなく遺漏なく、きっちりと私にとって一番良い結果になるように奔走して処理してくれた。

「あの別荘はこれからも地価が下がらないから大事な資産になるし、東京に疲れたときや一人っきりで気分転換したいときに気軽に行けるから」

と、父が所有していた長野県の別荘だけは私の名義に書き換えて残してくれた。一人で東京で成功者になっただけはある、雅博おじさんはその才覚を生かして更なる財産を私に遺してくれた。今後の財産管理も雅博おじさんにお願いした。

こうして、生まれ育った町を離れ、父と母の墓参り以外でこの地を再び訪れる理由がなくなった私は、大げさに言えば「新たなる人生」の一歩を踏み出すことにした。ずいぶんと前置きが長くなってしまったが、これが私が「空に住む」ことになった事情となりゆきである。

2

雅博おじさんが私のために用意してくれていた東京での新居は、渋谷のはずれにある高層タワーマンション『ル・ソレイユＳＨＩＢＵＹＡ』の一室だった。

四十二階建てのビルの、一階から二十四階まではオフィスで、二十五階から上が全て高級賃貸居住部になっている。雅博おじさんと明日子さんは四十一階の３ＬＤＫに、私とハナは三十九階の１ＬＤＫに住むことになった。

偶然にも私は、この高級マンションのことを以前から知っていた。

出版社に勤務しているときに『ＴＯＫＹＯあこがれ物件セレクション』というタイトルの本の出版に携わったことがあり、その本の中でこのマンションは「理想的な都市住居のカタチ」と謳《うた》われ、最新かつ最高級物件として一番大きく取り上げられていたのだ。紹介ページのトップには「都会の喧騒から逃れ、あなたも空に住んでみませんか？」と太く目立つ文字で書かれていた。

新潟の実家は二階建ての一軒家だったし、大学時代に借りていた部屋は低層マンションの二階だった。高層のタワーマンションに全く馴染みのなかった私は、そのページを見たときに、「すごいマンションができたんだなあ。どんな人が住むんだろうなあ」と、全く他人事《ひとごと》のように思っていた。まさか自分がそこに住むことになるなんて、予想もしていなかった。

「なかなかオシャレで便利なんだよね。サービスは行き届いているし、直実も気に入ってくれるといいんだけど」

初めて私をそこに案内してくれたときの雅博おじさんの口調に絶対的な自信が、そして彼特有の子供っぽい笑顔の中にとっておきのサプライズを含んだような誇らしさがあったので、いやが上にも期待が高まった。

「さあ着いたよ。ここだよ」

見上げると首が折れてしまいそうに高いビルの前で車を停めて、玄関前に立っていた黒服の男性に車のキーを渡す雅博おじさん。

「このマンションは、外出するときも帰宅したときも、車の出入庫をやってくれるバレー・サービスの人が居るんだよ。わざわざ自分で駐車場に行かなくていいから助かるんだ。ほらほら、中に入ろう。何日も前から明日子が張り切って部屋の準備をしながら直実の到着を楽しみにしてたんだから」

私の背中をグイグイ押して、雅博おじさんは私を自動ドアの中にいざなった。

『ル・ソレイユSHIBUYA』のエントランスに踏み入った第一印象は、「すごい」の一言だった。『TOKYOあこがれ物件セレクション』を見たときに持っていたイメージをはるかに超えて、ただ、ただ、ただ、圧倒された。

マンションの固定観念を簡単に払拭してしまうような豪華さに、言葉を発することができないほどに気持ちが高揚した。

玄関に入り大理石のロビーを進むと、すぐにフロントがあり、フロントカウンターにはバイリンガルのコンシェルジュが二十四時間常駐。レセプションサービス、タクシー手配サービス、メッセージ預かり、宅配便の一時預かり、クリーニング取次サービス、各種業者の紹介サービスなど、ホテルライクな、いや、それ以上のサービスを提供してくれる。

エレベーターは、各住人がその部屋の鍵をエレベーター内のセンサーに当てないと、各階に止まらない。私の部屋は三十九階にあるので、三十九階にしか行けず、他の階でエレベーターを降りることはできないのである。

来訪者はまず一階のフロントデスクで自分の名前と訪問する部屋番号を記入する。次にコンシェルジュが訪問先の住戸にインターフォンで連絡し、来訪者の身元確認後、エレベーター用のセキュリティーカードキーを渡す。来訪者はここでようやくエレベーターに乗ることを許され、カードキーで訪問先の階へと行けるのである。目指す階に到着したあと、各住戸のインターフォンで住人に最終確認をされて、部屋の中に入ることができる。カードキーはその日一日だけ有効なワン・デイ・オンリー・カードで、マンションを出る際に必ずフロントで返却しなければならない。住人にとっては安全で安心な、来訪者にとっては至極面倒なセキュリティーシステム。もちろん、マンション内外の様々な場所に防犯カメラが設置されていて、不審者の侵入を厳重に阻《はば》んでいる。

建物は制震構造になっており、地震や風による揺れを抑える安心な造り。

屋内にはこのマンション専用の充実したキオスク（売店）、フィットネスジム、パーティールーム、スカイラウンジ、トランクルームが、屋外には広い住人共用ガーデンもあり、この建物の周りだけで小さな街が成り立っているようだった。

各階のエレベーター前にガーベッジルーム（ゴミ置き場）が設けられており、決まった曜日の決まった時間帯ではなく、二十四時間いつでもゴミを出すことができる。

部屋の中には、キッチンディスポーザー、IHクッキングヒーター、ビルトイン食器洗い機、全自動洗濯乾燥機、天井カセット型エアコン、床暖房、暖房機能付き浴室換気乾燥機、など、生活に必要な最新機能内蔵エクイップメントが整っていた。

ウォークインクローゼットもシューズインクローゼットも人が住めそうなくらい広く、洋服も靴もあまり持っていなかった私は、こんなに広いスペースは持て余してしまいそうだなあと思った。

ペットを飼っている住人のために、『ペットコンシェルジュ』なるサービスの提供もあり、獣医師の往診による各種ワクチン接種や投薬、健康診断、夜間診療、トリミングの紹介と、ハナにとっても便利で安心なペットサポートシステムがあった。

少しだけ未来にトリップしたような気分になるこの新居だが、何よりも驚いたのはやはり部屋から見えるその景色である。

床から天井までの大きな窓の外には東京の街が果てしなく広がっている。遠くには富士山がくっきりと見える。高台に建っている高層マンションなので、視界を遮られる高い建物が周囲にひとつもない。見晴らしがいいなんてもんじゃない。地上より明らかに空に近いと思ってしまう場所。あまりの高さと眺めに、高所恐怖症の私も、自分が居る場所に実感が湧かず、天空にポカリと浮かんでいるような、本当に空の上に住み始めることになったと錯覚してしまうような絶景だった。

安全面を配慮してのことか、リビングルームの窓もベッドルームの窓も開かなかった。ガラスの壁のような窓際に、細長い開閉式の空気口があるだけだった。風や外気の匂いを感じることができないと思うと、息が詰まるような気がして、私は思わず小さく深呼吸した。


口を半開きにしてボーッと窓の外を見ている私に雅博おじさんは、

「どう？　すごいでしょ、この景色。びっくりしたでしょ？」

と、まるで手品を披露したあとのような顔で言い、深呼吸をため息だと勘違いした明日子さんは、

「直実、なんで、ため息なんかついちゃってんのよ？」

あきれたように微笑んだ。

ベッドやテーブル、チェストにソファーにラグ、主だった家具や生活雑貨は全て雅博おじさんと明日子さんが用意してくれていた。

「どうせなら一生使えるものがいいと思って、シンプルなイタリア製のもので揃えたんだよ。案外カッコイイだろ？　まあ、ほとんど明日子のチョイスなんだけどね」

　雅博おじさんはケラケラと笑って言ったが、生活情報誌の編集をしていた私は、部屋の中に置かれているイタリア製の家具や寝具がどれだけ値の張るものなのかおおよその見当がついたので、身のすくむ思いがした。

　幼い頃から友人たちよりずっと裕福に育ててもらった私だったが、このマンションとこの部屋と、その中にショウルームのそれのように内在する瀟洒《しょうしゃ》な家具に、生まれて初めて「分不相応」という言葉を噛みしめた。

　他人から見たら間違いなく豪華でセレブ的なこの環境に、私はともかく、ハナはすぐには馴染めなかったようだ。住み始めた日はずっとベッドの中に隠れたまま自分からその姿を現すことはなかった。布団をめくって様子を見てみると、猫に表情なんてないはずなのに、ハナは明らかに怯えていて、言い様《よう》のない不安そうな面持ちで私を見つめた。ハナも、突然空の上に連れてこられたような不可解な気持ちになっているのだろうか。

　とりあえず今日はシャワーを浴びて寝ようと思い、荷ほどきをすることなくバスルームに向かい、熱い湯を出した。高層マンションの特性なのか、水量を最大にしても水圧がとても弱い。今まで使ってきたシャワーの威力とは比べものにならない水圧は、何だか霧雨にシトシト打たれているようで、しんみりとした心持ちになった。たよりないシャワーを浴びた私は、急いで髪を乾かし、ベッドルームに入り、布団の中で瞳孔を開いているハナを無理やり引っ張り出し、

「きっと慣れるよね？　この高さも、窓が開かないことも、シャワーが弱いことも。きっとすぐに慣れる。ハナもすぐに慣れるからね。これからは二人きりだからね。ずっとずっと一緒にいようね」

母親が幼い子供に語りかけるような口調で、自分に言い聞かせながらハナを抱きしめた。寝入り端《ばな》に、ハナがいつものようにゴロゴロと喉を鳴らし始めたことに安堵しながら、いつの間にか私は眠りに落ちていた。

カーテンを閉め忘れて眠ったせいで、翌朝は薄紅色の朝日のまばゆさに目が覚めてしまった。傍らのアラーム時計を見ると午前五時半だった。

ベッドに寝そべって窓の外に目をやると、そこにはピンクの空が広がり、銀色の雲が浮かんでいる。瞬く間にピンク色がオレンジ色に変わり、やがて霞がかった白に変

わり、そこに青が滲んでいくような変色。その下に街が広がっているのが信じられないような幻想的な朝のメタモルフォーゼ。時々、何羽かの鳥が直線や放物線を描いて横切る。

「ねえ、綺麗だね。空が青くなるまでに時間がかかるんだね。何か飛んでるよ。何だろう。カラスかな、スズメかな？」

いつもの癖でハナに話しかけると、彼女の姿が見えない。まだぼんやりとした頭でハナを捜すが、どこにもその気配がない。

「ハナ？　ハナ？」

名前を呼びながらキッチンに向かい、ハナが一番好きな缶詰のキャットフードを開けると、その音を聞きつけて、ニャアと、か細い声をあげてソファーの下からハナが出てきた。

「そんなとこに居たの？　ほら、朝ゴハンだよ」

丸一日以上何も食べていなかったので心配したが、ハナはいつもと同じように缶詰をペロリと食べ、毛づくろいをして、しかしまた布団の中に隠れてしまった。

「怖くないからね。気が向いたら出ておいでね」

もう一度眠る気にならなかった私は、新潟から先に到着していた十数個の段ボール箱を一つずつ開けて、然《しか》るべきものを然るべき場所に置いたり片付けたりする作業に没頭した。窓の外がどんどん明るくなり、空耳かと思うくらい遠くに街が息づく音、車のクラクションやアクセルを吹かす雑音が聞こえてきたので壁に掛けた時計を見上げる。すでに正午を回っていた。ふと見ると、ソファーの上にちょこんとハナが座ってこっちを見ていた。

「あっ、出てきたんだ。良かった、良かった」

ハナがベッドから出てきたことがすごく嬉しくて、ホッと胸をなでおろした。

お腹が空いたなあと思っていた矢先、絶妙のタイミングで明日子さんからメールが来た。

『直実、起きてる？　何してる？　お腹空いてない？　ランチしない？』

絵文字はひとつもないのに、クエスチョンマークが四つも入っている。

『朝から部屋を片付けてて今ちょうどお腹が空いたなあって思ってた』

『じゃあ、二十分後にロビーで待ち合わせでいい？　歩いてすぐのところに美味しいガレット屋さんができたんだよ！　直実と一緒に行こうと思ってたんだ。雅博くん、ガレットとか食べないし』

『了解！　ガレット大好き！』

『じゃあ、十二時半にロビーで。あっ、あたしスッピンだけど気にしないでね（笑）』

こういうところが楽なんだ。かしこまっていないし、過度に気を遣わない。でもこっちを「行きたい」って気分にさせる。それが明日子さんなんだ。一回り年上の雅博おじさんのことを「雅博くん」って呼ぶのも、彼女らしくてチャーミングだった。


二度目の東京生活のスタートを、昼間から明日子さんがグラスワインで祝ってくれた。彼女は、当然のように自分にも私にも赤ワインを注文した。最近オープンしたばかりだというお店は満席で、そのほとんどが女性客。みんな美味しそうなソバ粉のガレットを注文している。ただし、ランチタイムにアルコールを飲んでいるのは私と明日子さんだけだったけれど。

「ねえ、直実ってひとりで居るのが好きでしょ？　でもさ、どうせ同じマンションに住んでるんだから、たまにはこうやって二人でランチしようよ。雅博くん、仕事が忙しいからランチも夕食もほとんど外食なんだもん」

「うん、そうしよう。私、基本は自炊するけど、こうやって外でランチしたり、夕飯を食べたりするのもいいね」

私の返答に満足そうにうなずきながら、コーヒーを飲む明日子さん。

「あのさあ、直実にお願いがあるんだよね」

「えっ、何？」

ホウレン草と卵のガレットを食べながら彼女が話し出したおおまかな内容は、こうだった。

高校を卒業して美容師専門学校に入り、そこでの課程を終えるとすぐにアシスタントとして大阪の美容室で働き始めた明日子さんは、ずっと何年も、言葉では言い表せないほど忙しく働き通しだった。一人前のスタイリストになってからは更に多忙になり、休日も返上で仕事に明け暮れていた。

「朝から晩まであまりにも忙しいから、毎晩仕事が終わってからストレス解消のために飲みに行ってたの。睡眠時間を削ってでも飲んでたの。飲んだ次の日にまだ酔っぱらってることを隠しながらお客さんの髪を切ってたこと、何度もあるもん」

仕事以外の空いている時間はほとんどお酒かマッサージに費やしていたそうだ。長年にわたる立ち仕事のせいで、腰も肩も足もバキバキに凝っていたらしい。

「ちょっとでも寝ていたいから朝食は摂らないし、ランチも夕食も美容室で一瞬だけ空いた数分の間に食べてた。もうさあ、咀嚼《そしゃく》しないで飲み込んでたようなものだよね」

彼女の、男みたいにタフでたくましい性格はこの時期に形成されたんだな、と私は思わず笑ってしまった。

「そっかあ、すさまじい状況が手に取るようにわかる。だからいつもそんなにバリバリした感じなんだね。なんか勇ましいもん、明日子さん」

からかうように私が言ったとき、明日子さんがいつになく真剣な顔をグッと近付けた。

「そんな生活送ってたから、私、料理がまったくできないの。もう、目玉焼きを焼いたり、ウインナー炒めたりするくらいのことしかできないのよ。でさあ、話が逸れたけど、ここからが本題！」

顔の前で両手を合わせて私を見つめる彼女。

「直実！　料理教えて！　なんかさあ、あまりにも初心者だから本気で困ってるのよ。雅博くんがたまに家で食事するときに、何か作ってあげたいんだよねえ。毎回おかずが目玉焼きとウインナーじゃ困るでしょ？　直実ってさ、昔からすごく料理が上手いじゃん？　お願い、料理教えて！」

クールでオシャレで何でもそつなくこなす明日子さんが、料理が苦手だなんてまるで知らなかった。いつもの悠然とした態度とは異なる、困った子供みたいな明日子さんの様子を見て、私はますます彼女が好きになった。

自慢ではないが、私の特技は料理である。父のために甲斐甲斐しく料理にいそしむ母の姿を見て育ってきたし、小学生くらいからは「直ちゃん、今日は直人さんの大好物を作るから手伝って」と母に言われ、頻繁に台所でアシスタントの役目をしていた。母が死んでからも父の食事を毎日用意していた。同世代の子たちよりはずっと詳しく料理のノウハウが身についていると思う。知らない人相手ならともかく、明日子さんに料理を教えるなんて、こっちの方が嬉しくて楽しいくらいだ。

「もちろんだよ。私が作れるものくらいすぐに作り方を覚えられるよ。ホントは東京に出て来てからすぐに仕事を探そうと思ってたんだけど、お父さんが死んでからあまりにも慌ただしかったから、なんかすぐに仕事をする気分になれなくて。だから、しばらくは何にもしないでいようかなあって昨夜思ってたんだ」

うん、うん、と小刻みに相槌を打つ明日子さん。

「じゃあ、明日子さんに料理を教えるっていうのを大義名分にして、ゆったりとした気持ちであそこのマンションライフを楽しもうかな。ほら、私、お金はたくさん遺してもらったし」

「そうしな、そうしな！　私、趣味は食べログを見ることって言ってもいいくらい食い意地が張ってるのに、料理が全然できないって、実はすごーくコンプレックスなの。週に一回程度でいいから普通の家庭料理っぽいものを教えて欲しいの。なんてったって直実は、雅博くんの実家の味を継承してるわけだからさ、どんな料理の先生よりも確かなのよ。ああ、良かった。その代わり私、直実の専属美容師になるからね！」

住み始めて二日目、私と明日子さんは合鍵を渡し合った。これで私と明日子さんはいつでも三十九階と四十一階を行き来することができる。雅博おじさんは本当に忙しい人なので、同じマンション内にこんなに心丈夫な「新しい身内」がもう一人住んでいることをありがたいと思った。

ハナの世話と、明日子さんに料理を教えること以外にとりたててしなければならないことがない生活は、気楽だった。私は先天性の怠け者なのだろうか？　罪悪感もなかったし、今までに経験したことのないような解放感を感じていた。

気がつくと六時間くらい窓の外に広がる東京の街を見続けて、距離にしたら何キロも先の川沿いにピンク色の桜並木を見つけたり、ビル街の中に緑が広がる公園がぽっかりあることに気付いたり、この部屋からの風景は、ずっと見ていても飽きることがなかった。

もともと読書が唯一の趣味なので、本を読んで、目が疲れると外を見て、それが昼間なら雲の流れを目で追い、それが夜間なら眼下に点在するたくさんのビルの上で赤くチカチカ光る航空障害灯の数を数えて、再び本のページをめくって一日を過ごすことも多かった。

忙しい父親と、その父のことばかり気に掛ける母親の間に育ち、家の外での集団行動にも馴染めずに生きてきた私は、孤独に慣れていた。孤独っていつの間にか慣れて、そのうちに、誰かといるよりも孤独と向き合っている方がずっと楽になってしまう。そう、私はひとりぼっちが好きだった。孤独と淋しさは、似て非なるもの。私は、ずっと孤独だったけれど、ハナさえいれば、淋しいなんて感じたこともなかった。何日だって何ヵ月だって誰にも会わなくても平気な性格の私は、そもそも寂寥《せきりょう》感がどんな感情なのか、この歳になってもわかっていないのかもしれない。

空は広い。果てしなく広い。私が知っているどんな場所よりも広い。高層マンションにひとりで住むということは、広大無辺の空をひとり占めしているような気持ちになるときがある。なんて、贅沢な自由なんだろう。

明日子さんの料理の腕前は、確かにひどかった。

ご飯を炊くときに米をほとんど研がずにそのまま炊こうとしたり、麺を水から茹でようとしたり、根菜の皮を剝かないまま調理しようとしたり、こちらが驚いてしまうほど料理に関して無知だった。

「麺はお湯が沸騰してから鍋に入れるんだよ」

「人参と大根は皮を剝いて、ゴボウはタワシで泥を落としてから」

「お肉を焼くときは塩・コショウで下味をつけて」

私が何か基本的なことを指摘するたびに、

「えっ、そうなの？」

と、いちいち驚く明日子さん。キッチンでの彼女は、いつものきりりとしたイメージは皆無で、顔をしかめて、おたおたまごまごしてばかりいた。その上、笑っちゃうくらい飽き性で、煮込み料理など、時間がかかるメニュウのときは、急に冷蔵庫から缶ビールを出して飲み始め、

「ああっ、私、料理、向いてないのかも。三人姉妹の末っ子だから、小さいときから母親と上のお姉ちゃんたちが何でもやってくれてたんだよねえ。ああ、しくじった」

なんて、疲れ切った声でまくしたてたりした。

知り合ってから随分と経つのに、こんな彼女を見たことがなかった。いつだって颯爽としていた彼女の中にかわいい弱点を発見した私は、何だか頬がゆるんで、ちょっと得意気に、週に二、三回、彼女のキッチンで料理を教えた。雅博おじさんの帰宅が早い日は、作った料理をそのまま三人で賑やかに食べることもあった。

誰かに何かを教えることって、自分の自信に繋がるし、良い意味で優越感という喜びを抱ける。無職のままで、のらりくらりとこのマンションに住んでいる私の免罪符、それが明日子さんに料理を教えることだったから、なおさら、この料理教室は、私にとっても必要で喜ばしいものだった。

高層マンション『ル・ソレイユSHIBUYA』は、部屋から地上に降りて、外出するまでにかなりの時間を要する。近所にフラッと買い物に行く、なんてことが気軽にできない環境だったので、私はどんどん出不精になった。

最初のうちは、明日子さんが私をいろんな所に誘ってくれたり、買い物に連れ出したりしてくれていたが、外に出るそのこと自体が億劫《おっくう》になってしまっていた私は、次第に彼女の誘いを断るようになった。新しい部屋にハナをひとりっきりにして数時間以上外出することにも抵抗があった。

明日子さんはもともと、東京の友人や知人の髪を切りに出かけたり、友人のアクセサリーショップを手伝いに行ったり、夜な夜な雅博おじさんや他の人たちと飲みに出かけたりする彼女自身の生活パターンがあったので、暇を持て余してなどいなかった。

「家でゆっくり過ごすのって苦手。私、ジッとしてらんない性分なんだ」

と、常日頃から言っている。

私は彼女に料理を教えていたし、定期的に雅博おじさんを交えて三人で食事もしていたので、私たちの関係がぎこちなくなることはなかった。彼女は、「他人に優しくしても、干渉はしない正しさ」を知っていたし、何より、自分の部屋の中でハナと過ごすことが私の一番好きな時間だということを承知してくれていたから。

料理を教える際に、明日子さんがいつも作りきれない量の食材を用意してくれていたので、食料には困らなかったし、飲み物や生活必需品、ハナの餌やトイレの砂は全て手軽にインターネットで購入できた。今の時代、外に出なくてもパソコンさえあればどんなものだってすぐに手に入る。この便利さは私をますます部屋に繋ぎとめた。たまに外出するとしても一階にあるキオスクに行くくらいだった。

相変わらず、本を読んで、明日子さんに料理を教えて、映画をＤＶＤで観る。どう見ても怠惰な生活だったのに、「こんな悠々自適な日常がずっと続けばいいのに」なんて思っていた。

3

桜並木からピンク色が消え、春が終わり、窓の外に広がる空が、青ではなく鈍色《にびいろ》であることが多くなった時期に、柏木美雨が遊びにきた。

私は、小学生の頃から、何となく他人と距離を置く性格だったし、中学校でも高校でも、青春や多感な思春期をべったり一緒に過ごす親友はいなかった。拒まないけれど受け入れもしない、それが少女時代の、友人に対する私のスタンスだった。大好きな雅博おじさんの住む東京にあこがれて上京し、大学に入学してからもそれは変わらなかった。

私が通った『三つ葉女子大学』は、偏差値はそれほど高くないが、優雅なお嬢様学校として昔から名高かった。授業料が高いことでも有名だったので、世間知らずのお嬢様やニューリッチの派手な女子大生がたくさんいた。彼女たちが一様に、カッコイイ男の子や人気のブランドや美味しいスイーツに興味を持つ中、そもそも女の子同士で盛り上がる会話に参加することさえ苦手だった私はここでも孤立していったが、大学という場所は、「クラスメイトとべったり」的な空気が高校までのそれと比べてずっと希薄だったので、特に奇異に見られることもなかった。それどころか、英文科で、いつの間にか大好きになっていた英語の勉強をするのに気力がみなぎる充実した日々だった。

英文法の講義で用意しておかなければならない学校指定のテキストを忘れてしまった日、たまたま隣の席に座ったのが美雨だった。

「私、同じテキストを二冊持ってるから」

ただそれだけ言って、私にテキストを差し出してくれた。授業が終わったあと、

「本当にありがとうございます」

と、テキストを返そうとする私に、

「今日の授業でいろいろ書き込んだから、それ、必要でしょ？　私、そのテキスト、友達に頼んで買ってもらってたのに、うっかり間違えて自分でも買っちゃったの。だから全然気にしないで持っててていいよ。あなたにあげる」

「でも……」

「じゃあ、今日のお昼を御馳走してくれる？」

こうして私は、初めて大学のクラスメイトと一緒に食事をすることになった。

美雨は、あまり俗物的なことに興味がなく、しかし自分の意見や見解がちゃんとある子だった。変にベタベタするわけでもなく、かといって、私のように自分の殻にこもりがちなタイプでもない。他の女の子たちと比べるとどこか異質な雰囲気があった。集団生活に「馴染めない」のではなく「あえて馴染まない」ような印象。私は、あまりよく知りもしないのに、「美雨ってなんだかアメリカ人の女の子みたい」と思ったことを憶えている。

彼女の父親は建設会社の社長で、亡くなった私の父と同じような職業を生業《なりわい》としていたため、育った環境もどことなく似ていた。さらに私たちには、裕福だけれど物欲があまりなく、必要以上に他人に踏み込まないし踏み込まれたくない、という共通点があった。

変わった名字だったこともあり、子供の頃から同級生たちにずっと「小早川さん」と呼ばれ続けた私には、「小早川さん」「直実ちゃん」「直実」と、段階を踏んで私の呼び方を変えていった美雨が、生まれて初めてできた親友だった。

大学卒業後、ちょうど私が出版社で働いていたのと同じくらいの期間、

「私、健康と食べること以外に興味がないから」

と、美雨は単身で渡米し、ニューヨークの専門学校でオーガニック料理について学んだ。

帰国後は、父親の援助を受けてオーガニックレストラン『ビューティフルレイン』をオープンし、現在はそれを軌道に乗せるために本気で奮闘している。学生時代から、群れなきゃ何もできない女ではなかった美雨。彼女はいつも彼女らしい選択をして、それが間違っていたことがない。

「エレベーターがガラス張りだから、遊園地のアトラクションみたいでドキドキした。なんか耳がジンジンする」

それが、我が家を初めて訪れたときの美雨の第一声だった。誰かが来ると必ず隠れるハナが美雨の声を聞いてリビングに出てきた。美雨は大の猫好きで、ハナも昔から美雨が好きだった。

「私さあ、最近、何にもしてないの。明日子さんにたまに料理を教えて、それ以外はほとんど引きこもってるの」

雅博おじさんはもちろん、明日子さんにも面識がある美雨にそう言うと、

「あっ、明日子さんに会いたいなあ。素敵な人だよねえ」

「うん、本当に大好き。雅博おじさんってさ、すごく忙しいじゃない？　だから、ここに引っ越してきてから雅博おじさんと過ごすより明日子さんと過ごす時間の方がずっと長くなってるの。おじさんより明日子さんの方が身内感が強くなっちゃってる」

「おっ、直実、とうとう雅博おじさんを卒業か？」

「そんなんじゃなくて。なんだろう？　あの二人って、ホントに家族みたいに感じられるの。すごく世話になって心配かけてるんだけど、素直に甘えられるし。愛情で守ってもらってるなあって、いつも思う」

自分を諭すようにそう言ったら、改めてあの二人の温かみが胸に沁み込んだ。

「ねえ直実、なんかさあ、大人になると許されることがたくさん増えてる気がしない？」

「ああ、そうかも。何にもしてない私が言うのも何だけど、昔より生きやすいっていうか、楽かも」

「でしょ？　直実、大丈夫だよ。人って、これじゃあダメだと思ったら、自然に正しい方向に動き出すようになるから。直実はさ、いろんなことがあまりに短期間に起こったから、今はもう雅博おじさんと明日子さんに甘えて、ダラダラしてなよ。あんた、ただでさえキビキビできない性格なんだから」

美雨と話していると、いつだって私は気分が楽になる。彼女は私がうつむくと、私の顎をグイッと上げて迷いを消してくれるようなところがある。

「このマンション、三十九階なのに窓が開かないし、空気がすごく薄いような気がする。ちょっと自然を感じた方がいいからせめて観葉植物とか花とか置いてみたら？　なんか殺風景で、男の部屋みたいだもん。じゃあ、また来るね。このマンション、私の店から歩いてすぐだからさ」

笑ってそう言いながら美雨は帰って行った。彼女が扉を閉めたときに、少しだけ部屋の中に風が吹いた。


私もハナも新しい部屋に住みなれた頃、エレベーターの中で時戸《ときと》森則《もりのり》に会った。運転免許証の更新で、鮫洲《さめず》の運転免許試験場に行った帰りだった。東京で車を運転する機会はほとんどなかったし、小雨の降る日だったから外に出るのも面倒だったが、顔写真入りの免許証は、常に財布の中に入れてある一番手軽なＩＤ。「免許証がないと困るな」と、重い腰をあげて、更新の手続きをしてきた。久しぶりに電車を乗り継いで、私にとってはかなりの遠出をしてきたので、妙な倦怠感と共にマンションに帰ってきた。傘を閉じて、コンシェルジュに会釈をして、エレベーターを待つ。
地下のパーキングから上がってきたエレベーターの中には若い男が一人乗ってい
た。ジロジロ見るのも見られるのも嫌だったので、私は伏し目がちに鍵をセンサーに
当てて三十九階のボタンを押した。三十九階の他には四十二階のボタンが光ってい
た。同乗しているこの人は最上階に住んでいるんだなあ……と思った。
高層ビルのエレベーターはかなりの加速度で進むので、その中に乗っていると耳の
奥がツーンとする。飛行機に乗った時に感じるあの耳の不快感と同じ症状を、エレベ
ーターに乗るたびに感じていた私は、いつも唾を飲み込んで耳が痛くなるのを防いで
いた。上昇するときには二十階くらいで、下降するときには十階くらいで唾を飲み込
むと、耳が元通りになる、と経験から学んでいた。
その日も、いつもの癖で、ゴクンと唾を飲み込んでいた。
「わかる、わかる。ここさ、気圧で耳が変な感じになるよね？　そうやって唾を飲み
込むとスコーンって治るよね？」
同乗していた初対面の男が、まるで友達みたいに気軽に話しかけてきた。対応に困
りながらも、ゆっくり男の顔を見上げて驚いた。男は、テレビをほとんど観ない私で
も知っている人気俳優の時戸森則だった。さっき電車に乗ったときにも彼の主演映画

の映像広告を見た。

テレビの中の人から唐突に話しかけられた私は、しどろもどろになって、「あっ、うっ」と言葉に詰まりながら、エレベーターが三十九階に着くや否や、頭を下げることも彼を振り返ることもなく、逃げるようにエレベーターを飛び出してしまった。初対面の人と気軽に会話するなんて、私には至難の業だ。このマンションに越してきてから何の変哲もなく過ぎていた時間の中に起こった小さなハプニング、それが時戸との出会いだった。


美雨の来訪以降、まんまと観葉植物や切り花に夢中になった私はしきりに花屋へ出かけるようになった。確かに部屋の中に緑があるだけで、呼吸がしやすいような浄化されているような気持ちになる。そう言えば、母は家の中に花を絶やさない人だった。たとえそれが父のためだけだったとしても、生き生きとした花や植物がいつも部屋のあちこちに置いてあるのは心が休まることだった。

ここに住み始めてからの私は、料理にいそしんだり、植物を飾ったり、まるで生前の母の振る舞いを真似て思い出をなぞっているみたいだ。

花屋に通い詰めるようになり、以前よりもずっと外出が増えた私は、エレベーターの中で不思議なくらい立て続けに時戸森則に会った。

二度目に会ったとき、初対面のときのことを憶えているのかいないのか、時戸は何事もなかったかのように「こんにちは」とだけ言い、それ以上の言葉を発さなかった。私も目を伏せたまま、微かな声で「こんにちは」と返した。彼の目を見る勇気はなかった。

セキュリティー万全の高級マンションなだけあって、『ル・ソレイユＳＨＩＢＵＹＡ』のエレベーターの中で私はいろんな有名人に会った。しょっちゅう外出するようになってから気づいたのだが、アーティスト、俳優、スポーツ選手、モデル、テレビでよく見るタレントや文化人と、世間知らずな私がわかるだけでも相当な数の著名人がこのマンションに出入りしている。そのほとんどの人が挨拶などせずに、サングラスをかけたり、帽子やマスクを着用したり、うつむいたりして、自分の素性をあらわにしないようにしている中、時戸だけはなんの変装もせず、真っ直ぐに私を見て、何かしらの挨拶をしてきた。それがとても粋で潔く感じて、この人は清々《すがすが》しいなあと、好印象を持った。

三度目にエレベーターの中で時戸に会ったときのことだ。

花屋の店先に夏の花が並べられ始めた頃の夕方、今年初めてのヒマワリの切り花を数本買って、夕陽の溢れるエレベーターに乗り込んだ私は、地下から上がってきた時戸にまた出くわした。夕映えの中に佇《たたず》む時戸が神々しく見えて、一瞬彼を凝視してしまった。目を逸らせないほどの存在感がそこにあった。何故か時戸もすごく大きな花束を抱えていた。

微妙な時間だったせいもあって、「こんにちは」と「こんばんは」のどちらを言おうか迷っていると、

「なんか、いつも花を持ってるよね」

口角をあげて話しかけられた。

「あ、はい。好きで。花とか緑がないと落ち着かなくって」

初めての会話らしい会話。緊張で、胸の内がバクバク鳴った。

「ねえ、この花も貰ってくんない？　俺んち、花瓶とかないんだよね。どうせ捨てちゃうからさ」

時戸は持っていた豪華な花束を私の胸に押しつけた。突然のことにまたしてもうろたえたが、花束越しに時戸と触れ合った瞬間、私の中で何かが弾《はじ》けた。ヒラヒラと流

れていた日常を粉砕するような何かが。

お礼も言えないまま、エレベーターが三十九階に到着した。私たちが居る密室の中は夕焼けの赤が全ての色を奪っている。どうしよう？　何か言わなくては、と狼狽する私に、不意に時戸が、閉まろうとするエレベーターのドアを押さえて、口を開いた。

「ねえ、オムライス作れる？」

全く予期せぬ言葉に、オムライスがあのオムライスだとは思えず、「オムライスって何だっけ……」と当惑しながら、エレベーターの扉を押さえている時戸の手を見つめた。

端整な顔立ちに似合わない長くて男らしい指。血液ではない何かとても神聖なものが流れていそうに青く隆起した手首の血管。夜にはまだ届かない夕刻に、オレンジ色の夢を見ているような現実味の薄さ。夏と呼ぶには少し熱が足りない季節なのに身体が火照るような緊張感。どうしてもその指から目が離せない。

このときの私は、退屈していたわけでも何か事件を求めていたわけでもないのに、前触れもなくいきなり、時戸にもっと近づきたい、もっと彼に引き込まれたい、と我を忘れて切望していた。人見知りで、他人と接点を持ちたがらずに生きてきた私は、人生をどう振り返っても、そんな衝動に駆られたことが一度もなかった。何故だろう。自分でも理解できない初めての抗《あらが》いがたい情動。

「作れます」

随分と長い沈黙のあとに言った。言ってから「すごいことを言ってしまった」と、瞬時に屈辱的な気持ちになって後悔した。しかし、

「今すぐ作ってくれる？」

全く動じない表情で、唐突な提案をされた。

「鶏肉がないから、代わりにベーコンでいいなら」

食らいつくように切り返す。自分が発しているとは思えないような歯切れのよい声が出た。

「マジ？　やった！　なんかさあ、朝からずっとオムライスが食べたかったんだよね」

時戸は天真爛漫にそう言い、何の躊躇《ちゆうちよ》もなくエレベーターの扉から手を離して、三

十九階へと降りてきた。エレベーターが行ってしまうと、夕陽に滲んでいた空間が、サッと幕が下りたように、いつもの見慣れた明度を取り戻した。

「すげえ！　なんかオシャレな家具ばっかだね！」

表情を全く変えずに私の部屋に上がったとたん、まるで何度もそうしていたかのようにすんなりソファーに座り、リモコンを手に取ってテレビの電源を入れた時戸。ここが私の部屋だとは思えないくらい彼の振る舞いは自然で、私のそれは不自然だった。

知り合ったばかりの人をいきなり自宅に招いた自分自身に狼狽しながらも、私は言葉を発しないまま、キッチンへと入った。

明日子さんに料理を教えているときとは全然違う心情で、そしていつもよりずっと不慣れな手つきで、ベーコンとタマネギとマッシュルームとピーマン入りの少し大きめのオムライスを作り、時戸に手渡す。

上に載っていた楕円形のケチャップをスプーンで平らにのばし、大きなひと口を頰張り、「あっ、うまい」と小さな声でひとりごちて、そのまま私を見ることもテレビを観ることもなく、オムライスだけを凝視しながら食べ続ける時戸。私はそんな彼を立ちすくんだまま見つめていた。

小さな顔、切れ長なのに二重の目、思わず触れてしまいたくなるなめらかな肌、少し癖のある短い髪、折り曲げていても長いとわかる脚、人間よりももっと壮麗な、どこか神話に出てくる男神のようなそのたたずまいに、無自覚のうちにうっとりしてしまった。

食べ終わると、私が居ることにまるで初めて気が付いたかのように私を見上げ、

「ごちそうさま。すげえうまかった」

とあどけない顔で皿を手渡す。それを受け取って、また黙り込んだ私に、

「あっ、電話番号教えて！　俺、メールって苦手だからさ」

それが極めて当たり前のような顔で聞いてきたので、私はあっさりと番号を教えた。理由もなく、親しくない人に電話番号を教えたのも初めての経験だった。

私の番号を登録し終わるとすぐに、

「ホント、うまかったよ。ありがと。またね」

と、世界中を味方につけているみたいな大きな笑顔で言って、豪華な花束をソファーに残し、時戸はスッと部屋を出て行ってしまった。

名前も名乗っていない、素性もわからない私の番号をどんな名前で登録したのだろ

う。非日常的な出来事にうろたえた私は、冷蔵庫から二リットル入りのミネラルウォーターを出し、グラスに注ぐ余裕もないまま、普段は絶対にそうしないのに、ペットボトルのままゴクゴク飲んだ。いつ現れたのか、足元でハナが私をジッと見上げていた。

少しでも長くもたせようと、毎日水切りをしていたのにもかかわらず、時戸が置いていった花がしょんぼりとしてきた夜、見おぼえのない番号から電話がかかってきた。

「もしもし、俺だけど」

心の一番深いところで、ずっと時戸からの電話を待ち焦がれていた私は、すぐにそれが彼だとわかった。「もしもし」とも「どちら様ですか」とも言わず、「はい」とだけ返答する。

「桃をすごくたくさん貰ったんだけど、食わない？」

桃？　そんなものいらない、桃なんて食べたくない、そう思ったのに、

「いただきます」

彼に会いたい一心で申し出を受けた。

「じゃあさ、今から持って行くよ」

その声を聞いた刹那、泣きそうになった。「絶対に違う」と、認めたくなかったけれど、たよりない情熱が一気に燃え上がるような嬉しさとせつなさに支配された。

フロントからインターフォンで連絡が来た。

「時戸様がそちらの階に伺いたいとのことですが、お通ししてよろしいですか？」

無機質な声で、コンシェルジュに聞かれる。

「はい。お願いします」

浮き立つ気持ちを抑え、冷静な口調で言う。

数十分、もしかしたらほんの数分かもしれない。私が充分にじれったさを感じる時間を費やして、

「小早川直実さ〜ん。お届け物ですよ！」

とおどけて言いながら、大きな木箱とワインボトルを抱えてようやく彼が部屋に入ってきた。フロントで三十九階のカードキーを借りてきた際に、私のフルネームを知ったようだ。

口元だけで僅《わず》かに笑い、ほぼ無表情で「はい」と、木箱に入った八個の大きな白桃を手渡された。木箱には、有名な高級フルーツ店の焼き印が押してある。時戸から

は、ほんのりお酒の匂いがした。

「こんなにたくさん？」

「だって俺んち、包丁とかないもん。なんかさあ、フルーツって、食うの面倒じゃん。あっ、一個食いたいな、今」

二度目の訪問も、それが当然のようにソファーにドカリと腰を下ろす。生温かい桃を丁寧に剝いて、氷を敷いた皿の上に載せて出すと、彼は瞬く間にそれを食べた。唇についた果汁がキラキラと光っている。

「甘いよ、コレ。食べなよ」

一切れだけ残していた桃を私の口に放り込み、サッと皿を返す。大きな桃の産毛に触っていたせいなのか、それとも皿を受け取るときにちょっとだけ触れた時戸の長い指のせいなのか、私の指先はとても熱くなっていて、白桃の味よりも指先のむず痒《がゆ》い感覚の方に気をとられていた。

「さっきまで、仕事仲間と飲んでたんだけどさ、なんか飲み足りないから一緒にちょっと飲まない？　あっ、ワイン飲める？」

「はい、飲めます」

「ワイングラスとワインオープナーはある？」

雅博おじさんと明日子さんは、たいていの食器や調理器具、キッチン雑貨もかなりオシャレでおそらく高級なものを用意してくれていた。

「あります」

ワイングラスとワインオープナーを用意すると、

「あっ、大きくて薄いワイングラス。これでワイン飲むと、安いグラスで飲むよりずっとうまいんだよなあ。さすがじゃん」

彼は器用に赤ワインのコルクを抜き、慣れた手つきでグラスに注いだ。トクトク……トクトク……。注がれるワインと、ほぼ同じリズムの私の胸の鼓動。私の目は、またしても彼の手際の良さと、すらりとした指にくぎ付けになっている。

乾杯の言葉もなく、ぎこちなくグラスを合わせる。今夜の時戸はテレビを点けない。陳腐な表現をすると、宝石箱から零れたようなまばゆい夜景を見下ろしながら、言葉を交わす代わりに赤ワインのグラスをグイグイと空けた。

妖しい初夏の湿度を感じ、青い月を見上げ、私は緊張しながらもどこか地に足がつかない気分で、ワインにではなく、この状況に酔いしれた。緊張にも増して、その先にある何かを明らかに期待していた。

ずっと部屋にこもって本を読むことや、花や観葉植物に依存しているような生活にそろそろ退屈していたのだろうか。それとも、彼が有名人だからなのだろうか。私は、彼ともっと一緒に飲みたい、もっと一緒の時間を過ごしたい、と、そればかり思っていた。

時戸の持ってきたワインを案外すぐに空にした私たちは、今度は、私の去年の誕生日に雅博おじさんに貰った、私と同い年の赤ワインを開けた。

時戸の目は潤んで少し充血している。意識的になのか無意識なのか、ソファーの上で少しずつ距離を縮めていた私たちは、まるで偶然のように唇を重ねた。長いキスのあと、

「ああ、飲みすぎたな。飲みすぎたからここら辺でセックスしようか?」

確信的なのか、それともただ酔いにまかせているだけなのか、彼のその言葉には抑揚がなく、私はまたしても身動きがとれなくなった。自分の心の中に他人を踏み込ませない癖がつき、距離を置いた人間関係を築くことが上手くなっていたはずなのに、この人にはまるで通用しない。そして、彼に出会うまでの自分は、偽りの純真無垢を固持していただけだったとしか思えないほど、私は彼が自分に性的な興味を示したことが嬉しくて仕方なかった。

この夜、私は時戸に抱かれた。お酒に酔った勢いなんかじゃない。酒に弱い父親と

全くの下戸の母親から生まれたにもかかわらず、私は学生時代からお酒にはめっぽう強かった。ただ発情していたのだ。生まれて初めて、くるおしいくらいに発情していた。だから私は時戸に抱かれた。

私が初めて彼に抱かれた場所は、あまりにも夜空に近かったから、それが本当にあった出来事だったのかどうか、まるで実感が湧かなかった。

恋は苦手だ。苦手と言うより、面倒くさいと感じていた。

学生時代によく、

「直実ってさ、かわいいのに自分でそれに気付いてないよね？　だから女特有の変な媚がないんだろうね。しかもさ、その媚びない感じが男からしたらクールな美人に見えるんだよ。あんた、実はすごくモテるよ」

と美雨に言われていた。そうなのだろうか。高校時代から、何人もの男に告白されてきたし、そのうちの何人かとは付き合った。しかし、昔から誰かに甘えることが苦手だった私の態度や仕草は、付き合った男たちの目にとても無愛想に映るらしく、彼らの持つ私への所有欲をげんなり萎《な》えさせる原因となっていた。次第に「君は僕のことを好きじゃない」、「何を考えているかわからない」、「君を幸せにはできない」などと言われ、まっすぐに恋をしていたつもりだった私の意に反して、いつも相手から別れを切り出されていた。誰かに属することが恋のルールだとしたら、私はそれがあまりにも下手だった。

恋の始まりの、熱を抱え込みながら漂う感じも疎ましかった。自分じゃない誰かに自分を乗っ取られたような気分になってしまい、恋をした相手に必要以上に素直になれない。学生時代の恋愛は、私の中に鬱屈《うっくつ》した感情を溜め込ませる結果になってばかりいた。

出版社に勤めていた頃には、編集部に出入りしていた十三歳年上のカメラマンと付き合った。彼は大人だったし、甘えられない私を上手に甘やかして包みこんでいてくれた。初めての充実した恋愛だと思った。性の悦《よろこ》びのようなものを初めて教えてくれたのも彼だった。

ところが、ある晩、二人で食事をしている現場を同僚に見られ、私と彼が付き合っていることが編集部内でバレてしまい、それによって、一人の先輩女性編集者から執拗な嫌がらせをされるようになった。彼女は何年もそのカメラマンに憧れ、慕い続けていたのだった。恋は人を豹変させる。今までは優しかった彼女が別人のように私に辛く当たるようになった。

英語で書かれたワークアウト本や医学関係の本の翻訳に私が苦戦していると、「これだから、コネ入社は！　英文科出てるんでしょ？」と、とげとげしく言われた。現に私は、雅博おじさんの伝手《つて》で就職していたし、自分でもまだまだ英語の読解力が足りないと思っていたので、「すみません」と、辛抱して黙々と辞書を引いた。

しかし、校了前の徹夜続きの時期に、私がほんの小さく欠伸《あくび》をしたのを見たとたんに、

「もう、毎晩男と遊んでばっかりいるから眠くて仕方ないのね？　ちゃんと仕事に集中してよ！　みんなに迷惑をかけないでよね！」

編集部中に響き渡る声でそう言われ、編集部に居た全員の視線が私に集まったときにはさすがに堪え切れなくなり、こんなに嫌な思いをするくらいなら彼と別れてしまった方が楽だと、確かな恋心を抱いていると思っていたのにもかかわらず、すぐにその恋を諦めてしまった。

誰かと誰かが恋をすると、当事者ではない周りの誰かが傷付いたり不快に思ったりする。それならば恋なんてしない方がいいと思った。溺れるような恋とは無縁だった

し、執着心を持つことがとても恥ずかしいことのように感じていた。ただ単に、本気で恋に自分を委ねていなかっただけなのかもしれないけれど、私は恋愛に向いていない性格なのだと信じ込んでいた。

それがどうだろう。ほんの数回会って、たった一度寝ただけの時戸に、今までの男たちには感じたことのない軋《きし》む想いを抱いてしまっている私。これが恋だったら嫌だなあ、辛いだろうなあ、と思ったが、紛れもなく私の恋は芽吹いてしまっていた。経験や体験なんて何の役にも立たない。決意や決心なんて一瞬にして打ち砕いてしまう。恋が持つ潜在エネルギーは突然、未曾有《みぞう》の自分を引っ張り出して激しく揺るがしてしまう。本当に恋をしたら、葛藤も躊躇も関係なく、恋をする前の自分とは違う自分になってしまう。そんな当たり前の恋愛の定義に、私はこの歳になるまで気付かずに生きてきただけのことだった。

朝早く起きる必要のない私は、空が白々とするまで時戸の電話を待つようになった。小刻みに睡眠をとり、二十四時間電話を傍らに置いて毎日を過ごした。

その頃、雅博おじさんは韓国へ長期出張に出かけていて、明日子さんもそれに同行していたので、二人とも東京に居なかった。その旅は、私の実家で起きた不幸のために延期になっていた新婚旅行のやり直しも兼ねていた。

「ちょっと長いけど、行ってくるよ。韓国って今、めちゃくちゃ物価が安いんだよ。お土産楽しみにしててよ」

いつもの朗らかな笑顔で言った雅博おじさん。

「直実、ひとりで大丈夫だよね？　時差もないし、携帯は通じるし、いつでも連絡してね。つまんなかったらハナをペットホテルか美雨ちゃんに預けて直実も韓国においで」

いつもより少しかしこまって言ってくれた明日子さん。

料理を教える必要もなく、彼らと一緒に食事をすることもなくなったので、私がやることは、本当にただただ部屋の中に居て、時戸からの連絡をひたすら待つだけだった。自分から彼に電話をかける勇気はなかった。彼に本気で執心すればするほど、自分を見失っていくのがわかった。

仕事という足かせもない私は、部屋の中から一歩も出ずに、まるでハナが時戸の不在を埋めてくれているような気持ちになりながら、ハナを何度も抱いたり撫でたりした。ハナが眠っているときは、観葉植物の世話を執拗にしたり、いつ時戸が部屋に来てもいいように、部屋のどこかしらを掃除したりしていた。そうやって、今まで経験したことのない「待ち続ける」という行為を、なんとかやり過ごした。気もそぞろで、読書には全く集中できなかった。

時戸からかかってくる電話は、週に二、三回、真夜中を過ぎてからのことが多い。あまりにも彼のことを考えすぎているので、彼から着信があると、喜びや安堵感とは異なる、苛めから解放されたような気分になる。

時戸の、「じゃあ、これからそっちに行くよ」と言う声を聞くと、これから会えるのにもかかわらず、嬉しさの半面、胸のどこかが傷ついたみたいに常にシクシク痛んだ。

彼が部屋に来たときは、たいてい一緒にお酒を飲みながらどうでもいいようなことを話した。私はお酒を飲むと、いつもより言葉数が増える。今まで小馬鹿にしていた恋に従順な女たちのように、なるべく綺麗に見えるような表情をつくり、鼻にかかった声で時戸の話に相槌を打ったりした。できるだけ笑顔でいるようにも心がけた。

時戸の顔を見るたびに、彼の声を近くで聞くたびに、胸の奥をグイグイ摑まれているような感覚を味わった。

会話が止まって沈黙になると、時戸はいつも唐突に、何の脈絡もなく「で？」と聞いてくる。私が答えに困って所在なくしていると、腕を回してきて、それから思うままに私を抱いた。時戸の「で？」は、身体を重ねることの合図になっていた。時戸の美しい顔と卑怯なまでに均整のとれた身体は、私を夢中にさせた。

「俺さ、百パーセントコンドームつけるから安心して」

胸を鷲摑みにしながら薄く笑う彼。何故、そんなことを誇らかに言われているのか不思議に思いながらもうなずく私。

「どこが気持ちいいか教えてよ」

私の眼球を舐めながら聞いてくる彼。痛みなのか悦びなのかわからない瞳の違和感に唇を嚙み締める私。

「今日は明るくしてやろうよ」

部屋のライトを全て点けて私を辱《はずかし》める彼。恥ずかしくて目を閉じてしまいたいのに、私を見降ろす彼の顔を一秒たりとも見逃したくなくて、ひたすらに彼を見つめる私。

今までの恋ともセックスとも違いすぎて、茫然としたが、同時に、欲情にここまで忠実になったのも初めてだと思っていた。時戸に何を言われても、何をされても、抱かれているときには全てが悦びになった。

時戸は自分が果てたあとに、いつも、そうするしかないように、あまり気持ちのこもっていないキスを私の唇に重ね、その後、シャワーを浴びることも私のベッドで眠ることもなく、必ず最上階にある自分の部屋へさっさと帰って行った。彼が居なくなると、置いてきぼりにされた私はすぐにまた不安になり、ドアが閉まってから一分もしないうちに彼に会いたくなった。飢えにも似たせつなさに、「不倫ってこんな感じなのかな？」と思いながら再びさっきまで二人で居たベッドに戻り、空を見上げた。

このマンションに引っ越してきてからずっと、「空に住んでいる」という非現実的な観念があった私は、このマンションで起こることの全てを白昼夢のように感じることがあった。もしかしたら時戸の存在自体が夢なのかもしれない。時戸が帰ったあとはいつもそんなことを思い、暗闇に飲み込まれてうつらうつらしながら、空が白んでいくのを待った。

こんなにも空に近いのに、星も月も見えない。


神宮外苑で花火大会がある日。私の部屋から花火を見ようと、美雨が遊びに来た。

「実はさ、最初は『ビューティフルレイン』って、私の名前をそのまま屋号にしちゃうのって、安直でダサすぎるかなって思ってたんだけどさ、なんかだんだんと自分の名前を背負って頑張ってます！　みたいな気持ちになってきてるの、最近」

オーガニックレストラン『ビューティフルレイン』の経営状態は上々のようで、久しぶりに会う彼女は、若きオーナーとしての自信に充ち溢れていた。しばらく会わない間に前にも増して美雨は綺麗になっている。

「親友が高層マンションの三十九階に住んでいてそこから花火を見るって言ったら、お店の子たちに羨ましがられちゃった」

私の部屋の窓から見える花火は、息をのむほど近くで大きく咲いて散って、私も美雨も「すごい、すごい」を連発しながら騒がしい声をあげ、鮮やかな花火の色彩に顔を照らされていた。窓越しの花火を手のひらに乗せてふざけ合ったり、携帯のカメラで、花火がパッと広がった瞬間の写真を撮っては、少女のように二人ではしゃいだ。

防音ガラスなのにもかかわらず、すぐそばで聞こえる花火の音を怖がったハナは、ソファーの下で硬くなっていた。

一時間以上続いた花火が終わると、私たちはダイニングテーブルに向き合って座り、美雨がお店から持って来てくれた自慢のオーガニックフードとオーガニックビールを口にした。花火に魅了されすぎて、食事をするのも忘れていたのだった。

「直実、痩せてない？　ちゃんと食べてる？　これ、全部身体に良いものだからちゃんと食べなよ」

プレートに様々な料理を取り分けてくれる美雨。私たちは、楽しくお喋りしながら、大いに食べ、大いに飲んだ。ビールだけでは飽き足らず、この夜は飲みやすい白ワインも開けた。美雨もお酒はかなり強い。乱れた酔い方はしないが、酔うと笑い上戸になり、普段よりも子供っぽくなった。

小さな頃から裕福に育ってきた子には、独特な「品」がある。他の女たちと同じことをしても、同じものを着ても、何故か絶対的な上品さがある。美雨はまさしくそれを持っている子で、私はそんな彼女をいつも誇りに思ったし、素直に憧れた。

白ワインを飲みながら、カボチャとキャロットのマフィンを食べているとき、なんとなく点けていたテレビに時戸の笑顔が映った。車のCMだった。会話の途中だったのにいきなり時戸の顔を見て黙り込んでしまった私に、美雨は「どうしたの？」と、怪訝そうに聞いてきた。

「この人さあ、このマンションに住んでるんだ」

「へえ、そうなんだ、すごいね。時戸なにがしだよね？　なんか無邪気っぽくてあどけなくて、このマンションに住んでるの合ってないなあ」

何も知らない美雨は、少し笑いながらそう言った。

学生時代、クラスメイトたちは、それが友情の証であるかのように自分が好きな子の名前をまわりに打ちあけていた。「人に言うと瞬く間に噂になるのに。黙っていた方が恋は絶対に素敵なのに」と思っていた私は、心を揺るがす異性が現れても絶対に誰にも言わなかった。美雨にすら、事後報告はしても、恋の始まりの相談事はしたことがなかった。

「この人さあ、たまに私の部屋に来るんだ」

美雨に時戸のことをどう説明していいかわからなかった私は、不意にそんな風に言った。

「えっ、直実の部屋って、この部屋？」

「……うん」

顔が赤らんでしまい、思わず美雨から視線を逸らす。

「直実、この人に惚れてるでしょ？」

すぐに言い当てられて、

「……多分」

と、曖昧な答え方をした。

「嘘？　ホントに？　直実がそんな風に自分の恋を隠さないなんて意外だなあ。もしかして、まさかのひと目惚れ？」

美雨は本当に驚いたようにそう聞いた。

「そんなんじゃないけど……。違うと思うけど……」

またしても言い澱む私。

「ああ、なんか大変そうだなあ」

そう言って美雨は、携帯電話でおもむろに彼の名前を検索し始めた。

「時戸森則。身長百八十三センチ。血液型ＡＢ型。うわ、ＡＢだって。生年月日、一九八八年十月十四日って、私たちより四歳も年下なんだね」

「えっ？　四歳も年下？」

「知らなかったんだ、直実。ますます大変そうだなあ。大変そうですねえ、ハナちゃん？」

ハナを撫でながら面白そうに言う美雨。私が時戸に想いを寄せていることを知ったのに、それ以上のことは何も言わない。時戸がどんな人なのか、どんな風に出会ったのか、何も聞いてこない。彼との関係をどう説明していいのか、自分自身でもわかっていなかったので、深く詮索しない美雨に、救われた気分になった。時戸がこの部屋に来るときは絶対にその姿を見せないハナも、花火のあとからはいつもと全く変わらない様子で私たちのそばでくつろいでいる。

「あれ？　ねえ、ハナちゃんの鼻の脇、なんか変だよ。毛が抜けて赤くなってる」

ハナを抱きあげながら美雨が言った。よく見ると、確かに鼻の脇の毛が米粒ほどの大きさに抜けていて、ピンク色の地肌が見えている。

「本当だ。どうしたんだろう。大したことないと思うけど、心配だから明日動物病院に行って診てもらう」

「そうだね。元気そうだもんね。でもさ、ハナちゃんになんかあったら、直実、正気でいられなくなるでしょ。この世で一番溺愛しちゃってるもんね。明日、病院に連れて行って、ついでにハナちゃんの健康診断もしてもらっておいでよ」

安心させるように私に言い、

「ハナちゃん、すぐにまた毛が生えてくるといいですねえ。また来るからね。元気でね」

とハナのお腹に顔をうずめて、美雨は帰って行った。美雨が帰ったとたん、静寂が訪れ、部屋の中が心なしか少し寒くなったような気がして、私はエアコンをオフにした。

風が吹けばいいのに。少しでも窓が開いて、夏の夜風が忍び込んできてくれればいいのに。私はそう思いながら、花火のあとの煙った東京の街を見降ろした。


その夜、美雨と入れ違いで時戸がやってきた。

テーブルの上に出しっぱなしにしていたワイングラスを見て、

「あれ、誰か来てたの？」

と聞かれたので、

「大学時代の友達が来ていたの」

と、今まで使っていた敬語を使わずに時戸に言った。彼が四歳も年下だという事実をさっき知ったからだと思う。

「その子、かわいい？」

「えっ？　うん、すごくかわいい」

「ふーん、直実ちゃんとどっちがかわいい？　直実ちゃんかな？」

そんな風に、会話をしながら自分の名前を時戸に呼ばれたのは初めてだった。

「その子の方がかわいい」

「へー、会ってみたいなあ」

真意が全く読みとれない口調で言われた。時戸が美雨の存在に興味を示したことに愕然とする前に、自分の名前を初めて時戸に呼ばれたことに色めき立った私は、「私の友達に興味があるの？」の言葉を飲み込んで、私を引きよせた彼の胸に顔をうずめた。そして、今私の唇をふさいでいる唇は、明日は違う誰かの唇に触れるのだろうか？　と、舌を絡ませながらも胸を騒がせていた。

時戸の心情や行動に関して私が知りたいことを、絶対に私は知らない方がいい。確信にも似た想いで、そう思った。

さざ波のように抱かれたあと、

「ねえ、いちいち一階まで下りてカードキーを貰うの面倒だから、合鍵貸しておいてくんない？」

あっけらかんと言う時戸。付き合っているわけでもない、間違いなく「愛」なんて芽生えてもいない。ただこの建物の中だけで逢瀬を重ねている私たち。とても愚かなことだとわかっていても、私はすんなり彼に合鍵を渡した。これで完全に時戸に主導権を握らせてしまったなと感取しながら、それでも胸を高鳴らせている私。

蕾が少しずつ花を開いていくような色めき立った想い。イチジクは実の内側に花が咲くから「無花果」と書く。このマンション『ル・ソレイユ』はまるで無花果の果実だ。そして、その果実の中だけでしか咲けない花、それが私だ。

翌日、マンション内のペットコンシェルジュサービスから紹介された近所の動物病院にハナを連れて行った。久しぶりの外気に触れたハナは、「ニャー」と小声で鳴き続けながら、ペットキャリー越しにもわかるくらい震えていた。

動物病院に着くと、足を怪我しているゴールデンレトリバーを連れた先客がいた。ハナはとても不思議なものを見るような目で、その大型犬をペットキャリーの隙間から見つめている。最初に手渡された紙に必要事項を書きながら待合室で待つこと数分。すぐに、「コバヤカワハナちゃん」と呼ばれた。ただの「ハナ」ではなく、私と同じ名字をつけて呼ばれたことにくすぐったい気持ちになりながら診察室に入った。

「鼻の脇の毛が小さく抜けてきているんですけど」

「どれどれ？」

ハナの全身を触りながら、まずは健康状態を調べる初老の小柄な獣医師。

「ハナちゃん、暴れないし、引っ掻かないし、穏やかな猫ちゃんですね」

誇らしい気持ちになった。子供を誉められて喜ぶ母親はこんな風に感じるのだろうか。私の最愛の存在のハナ。こんなにかわいい存在が病気なんかになるわけがない。そんなことを思いながら獣医師に「ありがとうございます」と、微笑み返す。しかし獣医師は、ハナの鼻のあたりを凝視すると、さっきとは全く異なる真顔で、

「まだ確かではありませんが、これ、厄介な病気かもしれません。今日採血して、血液検査をします」

と言った。厄介な病気……。そう聞いて私は、なす術もなく診察台の上のハナを見つめる。診察台の端っこに「三・八キログラム」とハナの体重が表示されていた。最後にハナの体重を量ったのは、父の葬儀の直後だった。そのとき彼女の体重は四・二キログラム。『ル・ソレイユＳＨＩＢＵＹＡ』に住み始めてから体重が減っている。

「明後日、検査結果が出ますので、夕方くらいにもう一度来てください。そのときに詳しいことを説明できると思います」

さっきまでは、赤子をあやす優しいおじいちゃんのようにハナを診ていた獣医師が、突然、鋭い目を向けて私にそう告げた。たよりない足取りで診察室を出る。さっきのゴールデンレトリバーとその飼い主の姿はすでになく、待合室はガランとしている。

胸騒ぎにうろたえながらも帰路についた。病院に行く前はペットキャリーの取っ手

を持ってハナを運んでいたが、帰り道はキャリーごと抱きかかえるようにして歩いた。

「絶対に大丈夫。絶対に厄介な病気になんてかかっていない。ただ引っ掻いて、ちょっと毛が抜けちゃっただけ」

そう言って、ハナに食事を与えた。いつもと同じように、黙然と餌を食べ終わったハナは、病魔とは無縁だとしか思えない穏やかな仕草で食後の毛づくろいをしている。大丈夫、絶対に大丈夫。祈りにも似た思いで自分にそう言い聞かせていた。

また今夜も眠れず、心もとない不安の中、ベッドの上でハナを撫でていると、時戸からの電話が鳴った。午前五時。こんな時間の電話は初めてだ。それまで満足げに目を細めていたハナが、一瞬にして迷惑そうにベッドから飛び下りた。

「ねえ、窓の外、見て！　空、すげえから！」

酔っているのか、寝起きなのか、呂律《ろれつ》の回らないかすれた声で彼にそう言われたので、言われるがままカーテンを開けると、眩しさに思わず目を閉じてしまった。怖いくらいに淡紅に染まった空。朝日に抱きしめられているように眼下に広がる街並み。世界中をピンク色のフィルターを通して見ているみたい。電車が、ビルとビルの間にキラキラと見え隠れしながら、まるで模型のそれのようにゆっくり進む。無音だから、走っているのではなく滑っているようだ。始発電車だろうか。それが見えなかったら、窓の外は一枚の大きな静止画のように現実味を欠いた美しさだった。

壮大でファンタジックな一日の始まりに、

「綺麗だねえ」

とゆっくり答える私。

「なんか、ここに住んでから一番感動しちゃったよ。じゃあ、また。おやすみ！」

すぐに電話は切られた。普通の人が「おはよう」と言う時間に「おやすみ」って言ったってことは、彼はこれから寝るんだな……今から会えないんだな……と思ったら東の空にユラユラと浮かぶ大きな太陽が、急に冷酷な怪物になったような気がした。

二日後の夕方、私は再び近所の動物病院にハナの血液検査の結果を聞きに行った。

前回は笑顔で私とハナを出迎えてくれた獣医師が、今日は最初からとても真剣で厳しい顔をしている。

「ハナちゃんは、悪性メラノーマという病気にかかっています。おそらくストレスからくる病気だと言われていますが、今の動物医学では明確な原因も治療法も解明されていません。当院では悪性メラノーマにかかった動物の治療の前例がなく、設備も整っていませんので、この紙を持って、他の、なるべく大きな動物病院に行ってください」

事務的に言われ、検査結果の紙を渡された。「悪性メラノーマ」……聞いたことのない病名に戸惑いながら、検査結果の紙を見る。

『血液検査報告書

飼い主名・小早川直実　様

患者名・ハナちゃん

種別・猫　アメリカンショートヘアー

検査時年齢・十二歳九ヵ月』

と書かれたあとに、数十種類の項目に分かれて血液検査の結果が印刷されている。どの項目名も、どの検査結果数値も、全く意味がわからなかった。ただ、それぞれの検査結果のあとに、基準値の項目があり、

『Seg．分葉核性好中球―検査結果―16356―基準値2500～12500―個別評価―化膿・ストレス』

と、そこだけ赤い字で書かれていた。「ストレス」という文字が、殴りかかるよう

に私の目に飛び込んでくる。一体どうすればいいのだろう。あまりの驚愕に、私は言葉を失い、おろおろと会計を済ませ、その動物病院を出た。

困ったときの常で雅博おじさんに電話をかけたが、不運にも留守番電話に繋がった。

真夏の遊歩道では、「どうするんだ⁉ どうするんだ⁉」と、私を責めたてんばかりに蝉が鳴いている。

どうやって歩いていたのか記憶が定かではないが、私はマンションへの帰り道を進んでいた。途中、韓国にいる雅博おじさんから、「ヨボセヨ〜」とひょうきんな声で折り返しの電話がかかってきた。

「雅博おじさん、どうしよう」

悲痛な声をあげた私に、

「どうした？ 何かあったか？」

とすぐに真面目な声が返ってきた。

「ハナが。ハナが」

「ハナがどうした？」

「鼻の脇が禿げてたから病院に行ったの。そしたら、厄介な病気だって言われて、血液検査したら、悪性メラノーマって病気で。難病だから、うちの病院では治せないって言われて。どうしよう」

最後は叫ぶように雅博おじさんに説明した。

「悪性……なんだって？」

「悪性メラノーマ」

「ちょっと待ってろ、直実。すぐに調べて連絡するから。とりあえず、待ってろ」

「うん」

そう答えると、

「もしもし、直実？　大丈夫？　何があったかは雅博くんに聞くから。もうすぐ日本に帰るからね。落ち込むんじゃないよ！」

今度は明日子さんの力強い声が聞こえた。

雅博おじさんや明日子さんと話したことによって、僅かながら冷静さを取り戻した私は、今度は美雨の携帯電話を鳴らした。彼女は生まれたときからずっと猫や犬と一緒に生活している。どこか良い動物病院を知っているのではないか。

美雨が大好きなジョージ・ウインストンのピアノ曲のメロディーコールのあと、留守番電話サービスの無機質な声が聞こえる。平日のこの時間、美雨は仕事中だとすぐに思い直し、初めて『ビューティフルレイン』に電話をかけた。幸い、受話器を取ったのは美雨だった。

「ごめんね、仕事中に」

「どうしたの？　珍しいね、店にかけてくるなんて。今、ランチタイム後の休憩時間だから大丈夫だよ」

「この間、ハナの鼻の脇の毛が抜けてたじゃない？　それで動物病院に行ったんだけど……」

雅博おじさんに説明したあとだったので、さっきよりは落ち着いて説明できた。

「犬と猫だと、名医がいる動物病院が違うんだよね。病気の種類によっても違う。すぐに何軒かピックアップしてメールするよ。で、ハナちゃんはどうなの？　苦しんでるの？」

「ううん、いつもと変わらない。おとなしくペットキャリーの中にいる」

「わかった。いい？　直実？　あんたが一番冷静になってないとダメなんだからね。とりあえず家に帰って、メール待ってて。炎天下で、小さなキャリーバッグの中に入れたまんまだとハナちゃんのストレスになるから」

「うん、わかった。ありがとう」

雅博おじさんに、明日子さんに、美雨。この三人にいつも無償の優しさをたくさんもらっているのに、私は頼ってばかりでちっぽけな優しささえ返せていない。優しさをもらったあとの自己嫌悪。涙と汗で顔をグチャグチャに濡らしながら歩いた。たくさんの通行人がそんな私を見て見ないふりをしながら通り過ぎて行った。

帰宅するや否や美雨からメールが入った。「動物病院」という件名のあとに、数軒の病院名と電話番号、住所が書き連ねてある。それを見ているときに雅博おじさんからも着信があり、

「動物を飼ってる知り合いと話してる途中で思い出したんだけど、世田谷に『すこやか動物病院』っていうところがあるんだ。そこの院長、俺の友達が飼ってる犬のかかりつけの先生で、名医だって評判なんだって。俺も偶然一度だけ会ったことあるんだ。すごく人当たりがいい人だったよ。しかも、最近、悪性メラノーマにかかった犬を治療してるんだって。とりあえず、『すこやか動物病院』に連れてってごらん。俺の携帯のメモリーの中には電話番号が入ってないけど、俺んちにその先生の名刺があるから」

雅博おじさんがいつもよりずっと冷静な口調でそう言い、間髪を入れず今度は明日子さんが、

「雅博くんの名刺フォルダー、リビング入って右奥の棚の真ん中らへんにあるから。アイウエオ順で整理してあるからすぐわかると思う。合鍵で私たちの部屋に入って探してみて。見つからなかったらすぐ電話して」

と続けた。電話を切ったあと、再び表示された美雨からのメールにも『すこやか動物病院』の名前があった。住所は世田谷区になっている。雅博おじさんの言っている『すこやか動物病院』と、美雨の教えてくれたそれが同じ病院だと確信しながらも、私は合鍵を使ってエレベーターで四十一階に上がり、雅博おじさんと明日子さんの住む部屋のドアを開けた。

リビングを横切り、右奥にある棚へ走り寄る。分厚い革の名刺フォルダーがすぐに見つかった。サ行のファイルを見るが、その動物病院の名前が書かれた名刺はない。もう一度、ア行から念入りに探し、ペラペラと何ページかめくると、ヤ行のところに『すこやか動物病院　院長　安田《やすだ》健太郎《けんたろう》』と印刷された白い名刺が見つかった。名刺に書いてある住所も電話番号も美雨の教えてくれたものと同じだった。ハナの病気が治ると思ったわけではないが、それでも精神的にどこか少しだけ解放された気がし

た。

すぐさま、すがりつくような気持ちで番号を押し、「はい、すこやか動物病院です」と応答した女の人に、声を震わせながらハナの病名と現在の症状を伝えた。

「少々お待ちください」と言われたあと、

「もしもし、お電話替わりました。院長の安田です」

ハキハキとした声が聞こえた。私は、再度ハナのことをできるだけ詳しく説明した。

「悪性メラノーマか。大変ですね。とりあえず明日、当院に来てください」

地獄に一筋の蜘蛛の糸。その声に情けを乞うように翌日の診察の予約を申し込んだ。

自分の部屋に戻って、ハナを抱き上げる。心なしか、鼻の脇の禿げた部分の範囲が広がっている気がする。

ハナは、子猫のときから本当に手のかからない猫だった。穏やかな気性で、まわりの人々に、

「こんなに良い子でかわいい猫、見たことがない」

と口々に言われた。生まれたときから何匹も猫を飼ってきた美雨も、

「この子は本当に『当たり猫』だね。滅多にいないよ、こんなに性格が良くて行儀がいい子」

と、いつも言ってくれているし、明日子さんも、

「実は猫って苦手、っていうか、怖かったんだよね。昔、近所の猫に思いっきり引っ搔かれたことがあって。でも、ハナは長年の私の猫嫌いを簡単に克服させてくれた」

と、ハナを可愛がってくれている。

猫を飼っている人のほぼ全員が「猫親バカ」になると言うが、それを差し引いても、ハナは特別な子だと思う。美雨の言葉を借りると、間違いなく「当たり猫」なんだと思う。そのハナが、怪我や病気になることに何の覚悟もなかった私は、今回のこの悲劇に途方に暮れた。その愛おしい身体を撫で続けるしかなかった。途方に暮れながらも、「こんな夜は彼に会いたいな」と、時戸の顔を思い浮かべていた。

ハナの隣で、うたた寝をしてしまったらしい。目が覚めると部屋の中が真っ暗だった。照明を点け、「何か食べなくては」と思った矢先、不意に「雅博おじさんたちの部屋の鍵を閉め忘れてないだろうか？」と不安になった。気もそぞろだった私は、部

屋を出るときにきちんと鍵を閉めたかどうか不確かだった。万が一でも、鍵を閉め忘れていては困ると思い、再び四十一階に行った。鍵はちゃんと閉まっていて、取り越し苦労だったことに苦笑してまたエレベーターホールに戻った。

いつもより長い時間をかけてようやく四十一階に停まったエレベーターが開いた瞬間、小さな悲鳴をあげそうになった。

そこには時戸がいた。髪が長くて背の高い女の人と一緒だった。彼女はサングラスをかけていたので、定かではないが、一目見て、とても綺麗な人だと感じた。女は瞬時に私を見たが、すぐに目を逸らしてうつむいた。時戸は私と目も合わさず、挨拶の言葉もかけてこなかった。時戸の腕は彼女の腰のあたりに絡まっていた。そのままエレベーターに乗り込まずに立ちすくんでいるわけにもいかず、おどおどと同乗してすぐに背中を向けた私は、あまりの動揺に、自分の住む三十九階のボタンを押し忘れていた。手遅れだ。エレベーターはすでに三十九階を通過してしまっている。駐車場のあるB1のボタンが押してあるのに気付き、慌てて私は一階のボタンを押した。時間にすると一分にも満たなかったが、まったくの他人のような時戸の振る舞いがやり切れなかった。クタクタの部屋着のままでエレベーターに乗っている自分がすごく惨めで、後ろからその姿を見ている二人が、私のことを、このマンションにそぐわない貧相な女だとせせら笑っているのではないかと、疑心暗鬼に陥った。

エレベーターが一階に着くや否や、逃げるようにそこから出た。することもなかったので空のポストを覗き込み、再びエレベーターに乗って、自分の部屋に戻った。そして、エレベーターの中の二人を見た瞬間からずっと呼吸をするのを忘れていたかのように、フーッと、大きく息を吐いた。

そう言えば私は、一度も時戸の部屋を訪れたことがない。会うのはいつだって私の部屋で、そして彼の都合に合わせてだった。こんな関係を「恋」と呼んでいいのだろうか。

今夜は怖いくらいに月が大きい。まるで生きているみたいに間近で私のことを見つめている。太陽系の中の天体ではなく、地球そのものの中に月が存在しているような近さ。月の周りには、プラネタリウムと見まがうほどの星たちがチカチカと光を放っている。東京の夏には珍しい澄みきった夜空。こんなにたくさんちりばめられている夏の星座の、どれひとつとして私と繋がっている星はない。その当たり前のことが悲痛でやるせない。この夜空の星の全てを時戸が支配しているとしたら、私とハナが存在する場所は、星と星の間にある暗闇だ。そんなことを思いながら、それでも星を観た。夏の夜は短くて、月も星もすぐに朝の薄青に滲んで溶けていった。

『すこやか動物病院』は、想像していたのとは違い、あまり大きくない古びた病院だった。交通量の少ない閑静な住宅街の中にひっそりとあり、私も、ナビを入れていてくれたタクシーの運転手も、最初はその場所を見逃してしまうほど地味な看板しか目印がなかった。

院長の安田先生は陽に焼けていて精悍な印象で、獣医師には見えなかった。スポーツや釣りが好きそうな、三十代後半～四十代だと思われるハンサムな人だった。

美雨の話によると、この先生は、通称「すこやか先生」と呼ばれていて、動物の心を理解しているかのように動物に接し、その動物たちを連れてきている飼い主の心もとない不安も察してくれる、実直で素晴らしい獣医師さんだそうだ。東京中はおろか、わざわざ地方からも彼の診察を受けに訪れる人が多数いるらしい。

「小早川さんの姪っ子さんだってね？　共通の知人がいて一回だけおじさんにお会いしたことがあるんですよ。会話上手な人だったな」

真っ白な歯を見せて笑う。雅博おじさんは、私がここを訪れる前に、その共通の知人を介して、私とハナのことを「くれぐれもよろしくお願いします」と、すこやか先生に頼んでくれていた。心強い紹介状を書いてもらったようなものだった。

「で、ハナちゃん、悪性メラノーマだって？」

表情を変えずに言われた。「はい」と答え、検査結果の紙を手渡す。じっくりその紙を見ていたすこやか先生は、

「これは、怖ろしい病気です。前の病院でも、言われたと思いますが、この病気の原因はストレスなのではないかと考えられています。ただ、詳しいことは未だに解明されていません。私自身は、ストレスだけが原因ではないと思っています。ここ最近、ハナちゃんに何か変化はありませんでしたか？」

と落ち着いた口調で質問してくる。

「私、引っ越したんです。今までは実家、一軒家に住んでいたんですが、今年の春に高層マンションに引っ越したんです」

「高層マンション？　何階？」

「三十九階です。あと、この子、以前は家族以外の人間とあまり接する機会がなかったんですが、最近、いろんな人が我が家を訪れるようになっていて、そういうときはどこかに隠れるようになってました」

息をつく間もなく、ハナが病魔に冒されたのは全部私のせいだと思いながら言った。一瞬、時戸のことが頭をかすめる。

「著しい環境の変化があったんですね。高層マンションか。ただ、本当に原因は解明されていないので、自分を責めないでください。小早川さんが自分を責めたら、ハナちゃんは辛いだけですからね」

先生は穏やかに、私の心中を察するように言う。

「それよりも、これからが大変なんです。当院にも一匹だけこの病気にかかった犬が通っていますが、いろいろ治療を施しながら今も闘病中です。ハナちゃんの鼻の右脇の毛が抜けているところ、これがどんどん膨らんで腫瘍になります。ハナちゃんはあまり痛みを感じていないと思いますが、これから病気が進行していきます。原因も治療法もまだ見つかっていなくて、悪性メラノーマは進行がとても速いんです。飼い主のあなたが気弱になったら困りますよ」

「はい」

「今日はいろんな検査をします。血液検査ももう一度させてもらいます」

首に注射針を刺され採血されるハナ。全身のX線写真を撮り、長時間触診され、それでもおとなしく診察台の上に乗っている健気なハナ。不憫で、泣きそうになったが、グッと堪えた。しかし、

「ハナちゃん、おとなしいですねえ。こんなに我慢強い子は珍しいですよ。しかも身

体が若々しい。十二歳とは思えないです」

すこやか先生にそう言われた瞬間に、我慢していたものが溢れた。数種類の薬を処方してもらい、どの薬をどんな風に服用させればいいのか、わかりやすい説明を受け、

「近いうちにまた来てください。小早川さん、ええと、直実さん！　頑張りましょう！　一緒にハナちゃんの病気と闘いましょう！」

ずっと、不安を煽《あお》らないようにしてくれていたのだろうか、終始落ち着いた口調で話していた先生の、最後の力感に溢れた語調は闇の中の光明のように響いた。

初診のその日以来、私は頻繁に『すこやか動物病院』に通い詰めるようになった。


八月の終わりに雅博おじさんと明日子さんは韓国から帰国した。二人とも私とハナのことを心から案じてくれていた。前にも増して無口になっていく私を心配そうに静観しながら、毎晩のように食事に誘ってくれていたが、私はいつも「ハナと一緒にいたいから」と、謝絶した。彼らが韓国から帰国して以降、私は、一度も明日子さんと一緒にキッチンに立っていない。明日子さんはもう、私が教えなくても基本料理のノウハウを身につけていた。

時戸とのマンション内での逢瀬は続いていた。エレベーターの中で一緒だった女のことには全く触れなかった。そんな事実はなかったかのように、時戸はいつだってアトラクティヴな笑顔を纏って私の部屋にやってきた。

以前のように頻繁ではなかったが、それでも彼は、週に一度は私を抱き、私は飽くことなく彼に抱かれた。

ベッドやソファーの上で身体を重ねることが少なくなり、代わりに彼はカーテンを全開にし、大きな窓辺で私を四つん這いにさせて、東京中に見せつけるようなセックスをした。不規則に重なり合う私たちの姿は、外からは決して見えなかったと思う。しかし、夜景を見下ろしながら腰を振っているときの彼は、ベッドの上でそうしているときより明らかに高揚していた。空に近いこの場所で、彼は私の腕を羽根のように伸ばし、空に飛び立っていくような体勢に持ち込み、私ではなく、まるで東京の街を支配しているような勝ち誇った顔で私を突き上げた。

全裸で彼のなすがままにされる私は、ちぎれそうな腕の痛みに耐えながらも、窓の際にある細長い空気口から外の熱気や湿気が少しだけ忍び込んでくるのを感じ、酸欠の魚みたいにパクパク口を開き、発情期の猫みたいな声で鳴いた。

羞恥心が薄れていき、私たちの関係はどんどん真っ当な恋愛から遠ざかっていると当惑しながら、それでも時戸の唇を、吐息を、指を、性器を乞い続けた。

抱かれた次の日にはいつも、窓の下の辺りに無数の私たちの指紋や皮脂が残っていた。拭いても拭いても、いつまでもそれがこびりついたまま落ちていないような気がする。ベタベタ、ベタベタ……。景色を歪ませる背徳の夜の痕跡。清らかだと思っていた私の恋心が、とてつもなく不純なもので汚れていく錯覚。

カーテンを開けたら、真っ赤に変色した指紋や皮脂が窓を覆いつくしている幻覚を見てしまいそうで、時戸が来る夜以外は、二十四時間カーテンを閉めたままにするようになった。


じっとりと暑い夏の日。蟬しぐれの中、ペットキャリーを持ってうつむいたまま住宅街を歩く私。立ち止まって、ペットキャリーの蓋を開けたら、腫瘍なんてなくなっていて、昔みたいに少しふっくらした元気なハナに戻っていればいいのに……。そう思うたびに虚しさが増し、目の前で揺れる陽炎《かげろう》に、心をもみくちゃにされたような気分になる。そしてまた、それでも、とぼとぼ、とぼとぼと、やるせない夏を歩く。

最初は米粒くらいだったハナの鼻の脇の禿げは、次第に大きくなり、腫瘍になり、その腫瘍がどんどん醜く膨らんでいった。すこやか先生の言う通り、悪性メラノーマの進行は残酷なまでに速かった。その進行の速さは、否応なしにハナの「死」を意識させた。

通院は、やがて三日おきになり、一日おきになった。病状の悪化を少しでも防ぐために、すこやか先生はとても熱心に根気よくハナの診察を続けてくれた。薬の種類がどんどん増えた。戸惑う暇もなく、ただ『ル・ソレイユSHIBUYA』と『すこやか動物病院』を往復する日々だった。

「病院まで車で送って行くから」

と言う明日子さんの申し出を固辞し、頑なにタクシーで病院に通った。何故だろう、ハナと私だけで通院することが自分に課された最大の義務のように感じた。ただがむしゃらに、自分ひとりでハナの世話をしたいと思っていたのだろうか。自己満足よりもっと質《たち》の悪い、自己欺瞞《ぎまん》だったのかも知れない。

病院から住宅街を抜けて、タクシーを捕まえるまでの緩やかな坂道。ハナに「ごめんね、ごめんね」と言い続け、極まりない哀切をハナに、どうにもできない情けなさを自分に感じて、暑い道を下った。ほんの数十メートルの距離を、果てしなく長い道だと思い、脱力しながら大通りまでを歩いていた。自分を庇《かば》うわけではないけれど、私は、病院の炎天下の帰り道にいつも、ハナのことだけではなく、自分のことも可哀想だと痛切に思ってしまっていた。哀しみよりももっとずっと哀しい想いを、いっそ死んでしまいたいと思うほどの崩壊感を、どう操ればいいのかわからなかった。

4

季節は夏から秋へと変わり、空はその青を深めていった。

窓の外に鰯雲《いわし》が広がっているのを見て、「そういえば、最近涼しくなった」と思っていたら、明日子さんがいきなり私の部屋を訪ねてきた。電話にも出ない、メールの返信もしない、携帯電話そのものの存在を無視するようになっていた私を心配してのことだった。

「直実、ハナの世話が忙しいのはわかるけど、電話ぐらい出なさいよ」

「ごめん」

「あのさ、料理本を見て、トリュフとショルダーベーコンとブロッコリーのスパニッシュオムレツってのを作ってみたんだ。直実に試食してもらおうと思って。私、最近、料理にハマっちゃってるんだよね。直実先生のおかげだね。ねえ、一緒に食べよう」

少し焦げた、けれどふんわりと美味しそうなオムレツだった。

「あと、これ。直実、どうせ全然外出してないんでしょ？　いろんな本や雑誌も持ってきた」

ずしりと重い紙袋の中に、十冊を超える本と雑誌が入っている。

「なんか、お見舞いに来てもらってるみたい」

あきれたように失笑する私に、

「そうだよ、もはやお見舞いだよ。直実、このマンションに入院してるみたいなんだもん。ハナのことが気がかりだっていうのはわかるけど、たまには動物病院以外のところに外出したり、私たちの部屋にも遊びにおいでよ。直実の方が病気になっちゃうよ」

そう言いながらオムレツを切り分けてくれる明日子さん。私の気持ちを楽にさせるためにまた気を遣ってくれている彼女は、小声で「うん」と気のない返事を返す私に、困ったように眉をひそめた。

「ハナの様子はどう？」

腫瘍がどんどん大きくなり、その腫瘍を引っ掻くたび出血をするので、数日前からハナにはエリザベスカラーを着用させていた。ハナは、最初はそれをとても嫌がった。しかし、動物は順応能力が高い。今ではエリザベスカラーをつけたまま歩きまわり、水を飲み、排泄し、スヤスヤと眠る。

「どんどん、腫瘍が大きくなってる。もうすぐ腫瘍が目の方まで広がって、片目が見えなくなるかもしれないって」

「そうなんだ。辛いねえ。餌は？　餌はちゃんと食べてるの？」

「うん、前よりずっと量が減ってるけどちゃんと食べてるよ。ドライフードはそのまま食べさせればいいんだけど、缶詰のゴハンを食べるときはエリザベスカラーを外して前足を押さえて食べさせて、そのあと腫瘍にべったりとこびりついちゃってるゴハンを、清浄綿で綺麗に拭いてあげなきゃならないの。それが大変なんだ。食べ始めてから顔を拭き終わるまで毎回一時間近くかかる」

いちいち悲嘆に暮れた顔をして説明しても仕方ないので、淡々と明日子さんにそう説明していると、よろよろとハナが私たちの座っているテーブルに来た。

「何だかエリザベスカラーが医療器具じゃなくて、帽子みたいに見えて、ハナ、かわいい」

全く悪びれずに言う明日子さんは、ハナを抱きあげて自分の膝の上に置いた。

「ねえ、明日子さん、私も同じことを思ってたの。エリザベスカラー、なんだかかわいいな、って。親バカだよね」

　久しぶりに心から微笑んで言った。

　明日子さんの作ってきてくれた少し塩気の強いスパニッシュオムレツを食べたあと、コーヒーを淹れていると、

「ねえ、直実、これ知ってる？」

　と、明日子さんが一袋の菓子を私に差し出した。

「あっ、『幸福あられ』！」

「うわあ、やっぱ知ってたか!?」

　明日子さんは、くしゃくしゃに破顔一笑した。

『幸福あられ』は、私の、そしてもちろん雅博おじさんの故郷、新潟県K市の銘菓として、地元では知らない人がいないくらい有名なお菓子だ。もち米をふんわりとまゆ玉状に焼き上げ、あざやかなミカン色の糖衣をまとわせた甘い甘いお菓子。サクサクと柔かい歯触りで、子供の頃に大好きだった。食べると幸せな気持ちになるから『幸福あられ』。

「この間、雅博くんと表参道に行った帰りに、原宿にある新潟館に寄ったら、物産品のコーナーにこれが置いてあったの。で、雅博くん、これを見つけたとたんに店中に

響き渡るような大声で『幸福あられ!!』って叫ぶもんだから、もう恥ずかしくって、恥ずかしくって」

「地元じゃ昔から有名だからね。懐かしい」

「雅博くんが嬉々として五袋も買ったから、私もひとつ味見してみたんだけど、これ甘すぎない？　口どけはいいんだけどさ。それなのに『美味しい、美味しい。懐かしいなあ』って言って、一気に一袋食べちゃったんだよ、あの人」

「あのねえ、それ、新潟じゃ主に年寄りと子供しか食べないよ」

「やっぱり？　なんか、そんな味だと思ったんだ。あの人の味覚、疑っちゃうわ。今日、直実の部屋に行くって言ったら、『明日子！　これを直実に持って行って！　絶対に喜ぶから』だって」

雅博おじさんの自信満々の笑顔が浮かんだ。

「でも、本当に嬉しいよ。私も久しぶりに食べたい」

袋を開けて、その中からひとつ取り出して口に入れた。最初のひと口は頭が痛くなるような甘さ。サクッと嚙むと、甘さの奥にほんの少しだけ塩気を感じる。そして、あっという間に口の中で溶ける。明日子さんもひとつ口の中に入れた。

「あっ、意外！　これ、ブラックコーヒーに合う。この間より美味しい気がする」

明日子さんとの他愛ない会話、そして十数年ぶりに食べた『幸福あられ』。あまりにものどかで、東京に来てから初めて郷愁のようなものが脳裏を横切る。そう言えば、父もこれが好きだった。ハナの病気にやるせなさを感じながら毎日を過ごしていた私に、『幸福あられ』は一番必要としていた魔法のお菓子のように、束の間の安穏な時間を呼び戻してくれた。

明日子さんは反論するかもしれないが、雅博おじさんも明日子さんも、『幸福あられ』みたいな人だ。会うと、幸せで優しい気分にさせてくれる。


その夜、ハナにゴハンを食べさせ、薬を飲ませ、明日子さんのおかげで、いつもよりどことなく元気な気分だった私は、彼女が置いていってくれたたくさんの本を紙袋から取り出した。最近刊行されたばかりの小説にマンガ、明日子さんが読んだのであろうファッション誌や生活情報誌、そして間違いなく雅博おじさんが買ったと思われる週刊誌や写真誌が入っていた。

普段なら絶対に立ち読みすらしないスキャンダラスな写真誌の表紙に、『時戸森則』と大きく書かれているのに気付いた。表紙をめくると、そのトップ記事は、時戸と某有名女優の密会のスクープだった。その女優の名前は私も知っている。エレベーターの中で遭遇した女とは別の女だった。ファストフードのCMにも出ているショートカットの若い女優と、見おぼえのあるシャツを着た時戸が、並んで彼女のマンションから出てくるところを隠し撮りされた写真が載っている。人目を忍んでいるような二人のショットも、左端に大きく書かれた「若い二人の長い夜」の文字もどうでも良かった。私は記事を読まずに、その写真誌を丸めてゴミ箱に捨てた。

時戸森則が人気俳優で、何本ものドラマや映画、CMに出演していることは充分わかっている。彼に会う前からそれは知っていた。けれど、私は彼に会えない時間を、彼の出演作品のDVDを観ながら自分を慰めるような真似はしなかった。点けっぱなしにしているテレビに、時戸のCMが流れるときには、テレビから目を逸らしたりチャンネルを替えたりした。このマンションの中で会う時戸だけが私にとっての時戸で、この部屋の中で、たおやかな獣のように私をくみしだく彼だけが私にとっての彼だった。それ以外の彼は虚像だと感じていた。これは嫉妬なのだろうか。私の知らない時戸を画面や雑誌の中に見ることに激しい抵抗があった。

『ル・ソレイユSHIBUYA』の共用ガーデンは、春、夏、秋と、さりげなく季節の移り変わりに気付かされるような粋な庭造りがされていた。秋分を過ぎたあと、紅葉はうっすらと色づき、遊歩道のいたるところにはコスモスが咲いている。部屋の中に切り花を飾るのもいいが、やはり、あるべき姿で地に根を張っている可憐な花を見る方が心が和む。

植物がその色を変えるにつれて、ハナの腫瘍もどんどん大きくなり、その範囲は右目にまで達した。すこやか先生が言うには、

「右目が完全に白濁してますね。これはもう、失明しています」

とのことだった。

覚悟はできていた。先日、腫瘍の一部をメスで切り取り、組織検査をし、その検査結果報告書を私に手渡すだけではなく、ホワイトボードを用いて、この先ハナに起こりうるであろう症状を事細かに説明してくれたすこやか先生に、

「ハナちゃんの場合、顔の辺縁の不明瞭な乏色素性の悪性メラノーマです。周辺組織への拡がりと、リンパ節、肺、脾臓などへの転移に注意しなければなりません。もうすぐ、鼻の穴がふさがり、右目を失明すると思います」

と、宣告されていたので、ハナの失明は想定の範囲内だった。

エリザベスカラー越しに腫瘍を引っ掻き、流血、カサブタ、流血、カサブタ……を

繰り返すハナ。家中がハナの血だらけになり、一日に何度もそれを掃除した。

症状が悪化するにつれて体重が減っている。顔の半分は岩のようなカサブタに覆われている。私は歯を食いしばりながら、ハナの病気と闘うしかなかった。泣いて落ち込んだところでどうなるわけではない。私が絶望したところでハナが治るわけでもない。気丈にハナのそばに居ること。それが飼い主の私の務めであり、愛だった。

時戸が私の部屋に来るときには決して姿を見せないハナ。それは、彼女の、私への愛なのだろうか。それとも、馬鹿な恋に囚われている私を蔑《さげす》んでいるからだろうか。

今年の明日子さんの誕生日は体育の日と重なった。潑剌《はつらつ》としたイメージの明日子さんと体育の日、なんだかとても似つかわしい。

雅博おじさんから、

「明日子の誕生日だから、みんなで食事をしようよ。外に出かけるのが億劫だったら、俺んちで食事しよう。美雨ちゃんも誘ったらいいよ」

と電話がかかってきた。ハナの介護に明け暮れる私を不憫に思ったのだろう、

「短い時間だっていいんだから、たまには、パーッと楽しもうよ。俺が全部準備するからさ」

この人は本当に昔から変わらない。人を喜ばせることを生きがいにしている。

当日、マンションの四十一階の部屋に、雅博おじさん、明日子さん、美雨、そして私の四人で集まった。四人で集まるのはとても久しぶりだった。

リビングルームには様々な色形のバルーンブーケが所狭しと置かれ、まるで小さなテーマパークのように賑やかで楽しい雰囲気をかもしだしていた。

フレンチのケータリングサービスに頼んだオシャレなオードブル、十人前はありそうな銀座の老舗の寿司屋の寿司、その他にも豪華な料理が大きなテーブルいっぱいに並んでいる。

「嬉しいけどさあ、こんなに食べられないよ。雅博くんは、本当に限度ってものを知らないんだから。たくさん用意すりゃいいってもんじゃないでしょう?」

「足りなくなるよりいいじゃないか。それより乾杯しよう。ほら、直実も美雨ちゃんもグラスを持って! はい、明日子、誕生日おめでとう! かんぱ〜い」

明日子さんの説教から逃れるようにシャンパンを注ぎ、皆のグラスに自分のグラスをぶつける雅博おじさん。

「もう、そうやってあんたはすぐ逃げる!」

きっぱりとした物言いで、食い下がる明日子さんに、

「せっかくの誕生日なんだからそんなに怒るなよ。はい、これ、愛のこもったプレゼント」

雅博おじさんが贈ったのはハリー・ウィンストンのネックレスだった。

「やったあ！　やっぱりさ、女は愛されてこそ女だね。ありがとう！　嬉しい！」

「それ欲しがってただろ？　あっ、明日子、俺、二杯目からは焼酎がいいなあ」

「はい、はい、かしこまりました旦那さま」

明日子さんは、プレゼントにつられたわけではない。ただ、その場を盛り下げないために、雅博おじさんの過度なサービス精神をさらりとたしなめたあと、タイミングをはかって従順な妻の顔に戻り、みんなを和ませたのだ。

雅博おじさんは、経済的にだけではなく、人間的にもどこか浮世離れしている。少年っぽいのにどこか老成している。そして明日子さんは、不良仲間のようでいて教師のような風格を兼ね備え、幼なじみのようでいて母親のような慈愛を持ち合わせている。二人とも周りを明るく盛り上げながらも、どこか静粛な気分にさせるところがある。だからこそ雅博おじさんと明日子さんは惹かれ合ったのだろう。

彼らのやり取りを見ていた私と美雨は、顔を見合わせてゲラゲラ笑った。それが逃避でも構わない、今の私にはゲラゲラ笑う場所が必要だった。そしてその場所は、この三人がいる場所以外にはどこにも存在しなかった。

「ああ、もう食べられない。もう何にも入らない」

床の上に敷かれた毛足の長いラグマットに明日子さんが倒れ込んだ瞬間、

「私も！」

私と美雨は声を揃えて言った。宴の始まりから、「じゃあ、明日子の誕生日を祝って、一気しまーす！」と、十数杯の焼酎のソーダ割りを立て続けに飲んでいた雅博おじさんは、早々に潰れていた。

女三人になったところで、私と美雨からの誕生日プレゼントを明日子さんに渡す。

「何だろう？」

黒い包み紙を、シックにネイルアートされた指で丁寧に優美に開く明日子さん。ガサツに見えて、実はとてもたおやかな人。

美雨と私は、昔から好きなものの趣味がとてもよく似ていた。大学時代、キャンパスでバレンシアガのバッグが大流行した時期があり、学校中の女の子たちがそれを欲しがっていたが、美雨と私だけは全く興味を示さなかった。他人がこぞって欲しがるものに関心がなかったのだ。しかし、二人で新宿のデパートに行ったときに、なんとなく入ったバレンシアガで「これかわいい」と声を揃えて同じ紺色のワンピースに手を伸ばした。一見してどこのブランドのものかわからないシンプルなそのワンピースは、みんなが欲しがっているバッグより高価だったけれど、私たちは迷わずにそれを試着して、結局、私よりずっと似合っていた美雨がそれを買った。それ以外にも、待ち合わせ場所に、そっくりないでたちで現れたり、同じ物を持っていたりすることが多々あった。私たちには私たちなりのドレスコードがあったのだと思う。

今回、明日子さんのプレゼントを選ぶために、青山のセレクトショップに一緒に行ったときも、「これがいい！」と、同時に同じものを選んだ。繊細なレースが施されているシルクの黒いランジェリーだった。

「うわあ、下着のセット？　めっちゃ、オシャレ！」

明日子さんは社交辞令ではなく、本当に喜んでくれた。そして、

「今度いきなりこれを着て、雅博くんを誘惑しちゃおう」

と、恥じらいもせず、身体をクネクネさせた。

私と美雨は、再び顔を寄せ合って笑い崩れた。可笑しくて、涙を流して笑っている私に、

「ねえ直実。不幸も幸せも、悲しさも楽しさも、ちゃんと同時に感じて、ちゃんと経

験しないと、絶対に次に進めないからね。今は、思う存分笑っとき!」

そう言いながら明日子さんはまた身体をクネクネさせた。

約二週間、時戸からの連絡がなかった。出会ってからこんなに長い間彼の顔を見ていないのは初めてだった。彼に会えない辛さを常に感じ、会いたくて会いたくてたまらなかった。

特に夜は、心細くて仕方なかった。寂寥感を知らずにいた私が、初めて、胸が張り裂けそうな淋しさを知り、「好きな人に会えないって、こんなにどうしようもない気持ちになるんだ」と、うずくような人恋しさを味わった。それは本当に身の切れそうなやるせなさだったが、忙しい人だから……と自分に言い聞かせて、彼に連絡したい気持ちを精一杯押し殺していた。ハナが居てくれるからその孤独になんとか耐えられた。

大型台風が接近している。テレビのニュースではレポーターが、わざわざ街かどで今後の台風の進路や最大風速を伝えて、強風と豪雨で真っ直ぐに立っていられなくなっている様子が映っている。

窓の外では、暗雲が空と街の色を全て奪いながら、激しい横殴りの雨を降らせている。三十九階から見ても、暴風で街路樹が曲がって倒れそうになっているのがわかる。

風による揺れを軽減する制震構造になっている『ル・ソレイユ』だが、今回の台風はよほど強烈なのだろう。窓が開かず、隙間風すら入ってこないにもかかわらず、微妙に建物自体が揺れている。三半規管がおかしくなり、平衡感覚がなくなる。軽いめまいと吐き気がして、嵐の海でクルーザーに乗っているような気分になった。

今日が『すこやか動物病院』に通院する日じゃなくて良かったと思いながら、すこやか先生に一日でも会わないと、ハナのことがすごく不安になるなあ……と一方ではそれを少し残念に思っていた。

窓にぶつかってくる雨粒を眺めながら、ふと、雅博おじさんたちの部屋にメガネを忘れたことに気がついた。ここに引っ越してきてから私の視力はあれよあれよという間に落ち、今ではメガネなしでは視界が少しぼやけるようになっていた。特に、外が暗くなりはじめる夕刻からは小さな文字やものがはっきりと見えなくなる。メガネは、薬を飲ませたり腫瘍を消毒したり、ハナの世話をするときの必需品でもあった。

すぐに明日子さんに電話をかけた。

「私、昨日、明日子さんちにメガネを忘れちゃった」

近頃の私は週に二度は必ず、雅博おじさんと明日子さんと食事をするようになっている。雅博おじさんが仕事や接待で不在のときは、明日子さんと二人でそうする。食後に明日子さんに髪を切り揃えてもらうこともある。そうすることが暗黙のルールのようになっていた。彼らは私とハナのことを心配していたし、私は彼らと共に過ごすことで気持ちの切り替えをはかり、感情のバランスをとっていた。

「直実、ごめん、私さあ、今、外なんだ。リビングのテーブルの上に置いてあるから勝手に入って持ってって」

明日子さんの声の向こうで、ゴーゴーと風の音が聞こえて、台風の到来を実感した。ハナにゴハンをあげる前に取ってこなければと思い、合鍵を使って四十一階にメガネを取りに行き、三十九階に戻ろうとしたそのとき、上から下りてきたエレベーターの中に見慣れた女が乗っていた。いつも一階のフロントデスクに座っているコンシエルジュの女だった。彼女は私を見て、尋常じゃないくらい驚き、そのすぐあとに気まずそうに顔をそむけた。いつもは首までしっかりとボタンが留まっている制服のブラウスが、今日は鎖骨のあたりまではだけている。そして彼女の顔は不自然なまでに上気している。私は一瞬にして全てを察知した。直感ではなく確信だった。

「この女、時戸に抱かれていたんだ」


このマンションのフロントデスクには、早朝から夕方までは若い女性、それ以外の時間は男性のコンシェルジュが常駐している。曜日毎に何人かの女性コンシェルジュがいるのだが、一番若くて綺麗なのが彼女だった。経緯はわからないが、シフトチェンジのあとに彼女は時戸の部屋を訪れたのだと思う。同じ男に抱かれているがゆえの第六感とでも言えばいいのだろうか、彼女の、いつもとは度を越えて異なる私への態度、そしてどこか憎しみをこめて、挨拶もなしに逸らした顔。間違いない。

私が、合鍵を渡す前の時戸は、フロントで三十九階のカードキーを借りて私の部屋に来ていた。その後も何度も私の部屋に来ている。このマンションは廊下にも、もちろんエレベーターの中にも監視カメラが設けてある。コンシェルジュの彼女が時戸のマンション内での動向や私との逢瀬を知っていても不思議ではない。

エレベーターの中でのハプニング。今回は、何故かとても冷静沈着だった私は、すんなりと三十九階のボタンを押し、何事もなかったように自分の住む階でエレベーターから降りた。

部屋に戻り、きっちりメガネをかけて、ハナのゴハンを用意した。食べるスピードが今までと比べものにならないくらい遅くなっている。首を上下に揺らしながら一生懸命食べているハナを見守る。さっき見たあの女の白くなまめかしい肌が脳裏に焼きついたまま離れない。コンシェルジュとの情事……不埒《ふらち》な時戸がいかにも好みそうなシチュエーション。今までに何度も通りすがりの挨拶を交わし、マネキンみたいに微笑んでいた女が、突然生身の人間に変身したみたいに思えた。憤りも嫉《ねた》ましさもさほど感じなかったが、とにかく胸の内がザワザワ、ザワザワした。

そんな出来事があったというのに、その夜は不思議なくらいよく眠った。途中で目を覚ますこともなく、夢さえ見ずに昏々と眠った。

台風一過の秋の朝。起きぬけに見た窓の外は、空気の透明度がわかるほど澄み切っている。いつもよりずっと明瞭に富士山がそびえている。その山頂はうっすらと白い冠をかぶっていた。

私が眠っている間にカサブタを掻き剝がしたハナのエリザベスカラーは、私が起きたときには血だらけで、その血しぶきは、シーツや布張りのベッドサイドライトまでを真っ赤に染めていた。けれど私は、動じることなく、丁寧にハナの顔を拭き、生々しく膿んでただれた腫瘍に薬を塗布し、血の付いたものを黙々と掃除、洗濯した。

昔から、強烈な出来事があると、私は妙に淡々とする癖があった。単に、感情を上手に発露することができなかっただけなのだと思うのだが、少女時代から母に、

「直ちゃんはちゃんと喜んだり悲しんだりしないから張り合いがない。嬉しいときには笑って、悲しいときや辛いときは泣いてくれればいいのに」

そう言われていた。喜怒哀楽の表現方法が他の子供たちと違いすぎ、自分の感情を誰にも理解されないことがあまりにも多かったので、次第に誰にも理解されなくていいと、その感情を隠すようになっていたのかもしれない。

とにかく、昨夜のコンシェルジュの女の態度と表情は、私をうろたえさせるのではなく、逆に冷静に自制させた。時戸を好きだという事実にやましさもうしろめたさもなかったから、私は凛然としていたかった。

今日は動物病院に行く日。洋服を着替え、支度をして、ペットキャリーにハナを入れて、部屋を出る。

直視しなかったが、エレベーターを降りたときに、昨夜の女がフロントデスクの左端に座っているのが視界に入った。微妙な空気の変化で、彼女も私に気付いたのがわかる。

「行ってらっしゃいませ」

いつもと同じ事務的な挨拶に、

「行ってきます」

こちらも同じく挨拶と会釈を返した。目は合わせなかった。ペットキャリーの半透明のドアからハナが見えないように、ドア部分を胸で隠す。ハナは、私が守るべき唯一無二の存在。そのハナを彼女に見せたくなかったし、ましてや、病気で形相の変わっているハナを「気持ち悪い」だとか「可哀想」だなんて絶対に思われたくなかった。肩で風を切るように堂々とエントランスホールを横切り外に出て、タクシーを拾った。


すこやか先生は、独特の雰囲気と口調で、人間も動物も安心させるような、特別な治癒能力のようなものを持っている。ほんの二、三ヵ月の間に、ハナだけではなく、ハナの面倒を見ている私の精神的主治医にもなってくれていた。

「体重は……二・六キロか。うーん、どんどん痩せて、どんどん悪化してますね」

希望を毟《むし》りとるような言葉を言い放たれても、なぜか絶望的な気分にならない。

「昨日、アメリカから新しい薬のサンプルが届いたんです。日本ではまだ認可されていない薬ですが投与してみましょう。直実さん、また薬が一種類増えて大変だと思いますが、頑張って一緒にハナちゃんを応援しましょう」

そんな風に、いつも新たなる小さな希望を与えてくれる。

「はい。大丈夫です。試せるものは何でも試してください」

開き直っているのではなく、闘病に対しての揺るぎない覚悟ができていた私は、いつからか、まるで私らしくないくらいに毅然としてすこやか先生と会話するようになっていた。

保険がきかないハナの治療費はとても高額だった。『すこやか動物病院』の診察料は、他の動物病院と比べるとかなり良心的な設定だったが、一日おきに通院し、何種類もの薬を処方してもらっていたので、出費の額は相当なものだった。たくさんのお金を遺してくれた両親に感謝しながら、病院の帰り道はいつも心の中で「お父さん、お母さん、ありがとう。天国からハナを見守ってください」とつぶやいていた。夏の日の同じ帰り道、あんなに辛い想いを抱いて帰り道を歩いていた私と今の私は違う。気休めではなく真心から天国に居る両親に祈った。逝ってしまった両親、そして、どんなに認めたくなくても、明らかに「死」に近付いているハナ。「生きること」の儚《はかな》さを知らしめられた私は、「それならば、懸命にハナの命を守ろう」、切にそう決意していた。

マンションに戻り、エントランスに入ると、コンシェルジュの女と一瞬目が合った。

シェイクスピアの戯曲の一編に「嫉妬は緑色の目を持っている怪物」と書かれている。

「おかえりなさいませ」

そう言って私を一瞥した彼女の目が本当に緑色に冷たく光っているように見えた。

怖くもなかったし、たじろぎもしなかったが、その目がとにかく鬱陶しかった。

部屋に入ってすぐにマンションの管理会社に連絡する。

「飼い猫が病気になって、ほぼ毎日動物病院に通わなくてはならないのですが、道路に出てタクシーを拾うたびに猫が脅えるので……」

そう説明して、地下駐車場へのゲート・オープナーを入手した。車寄せのところに居るバレー・サービスの人にも同じ理由を告げ、その次の日から私は、ハナの通院の際は地下の駐車場から出入りするようにした。動物病院に行くときは地下の駐車場にタクシーを呼び、帰宅したときにはゲート・オープナーを使って地下駐車場までタクシーの運転手に進んでもらう。ハナと一緒の外出は、一階のフロントを通らずに部屋からそのまま地下に下り、また地下から三十九階まで上がれるようになったので煩わしさが軽減された。

エレベーターの中で会ったコンシェルジュの女と顔を合わせなくなってから数日後、『すこやか動物病院』から帰宅した私は、携帯電話に明日子さんからメールが入っているのに気がついた。

『友達の結婚式があるので今日から二泊三日で大阪に行ってきまーす。部屋を出るときに宅配便が来て、直実に渡そうと思っていたシャンプーとトリートメントが届いたから、フロントカウンターに預けておくね。髪は女の命!! ちゃんと使うんだよ。東京に戻ってきたら、直実の髪、チェックするからね（笑）』

ハナの世話に明け暮れて、髪の手入れを怠っていた私の髪は、艶を失くしバサバサになっていた。それを見かねた元美容師の明日子さんに、

「直実の髪、潤いがゼロ！ ちゃんとケアしないとダメだよ。毎日使うだけで信じられないくらい髪が生き生きする業務用のノンシリコンシャンプーとトリートメントがあるから、それ注文しておくね」

と言われていた。明日子さんは、買い物に出かけない私のために、食料や飲料だけではなく、やれ乳液だ、やれ保湿クリームだ、やれパックだ、と、女磨きのグッズも頻繁に買ってきてくれていた。本当に、実の妹のように可愛がって世話をしてくれる。誰かに甘えることが苦手だった私も、いつしか彼女の優しさに慣れ、頼りきっている。「今度はシャンプーとトリートメント……」と、彼女を思い浮かべるときにいつもそうであるように自然と顔をほころばせながら一階に下りた。

浅はかだったと思う。夕方は女性のコンシェルジュが常駐していることをうっかり失念していた私は、無防備にフロントカウンターに向かってしまった。二人の女が座っていた。その内の一人は彼女だった。少しだけ平常心を失いながら、彼女ではなく、もう一人の女性に向かって、

「四十一階の小早川明日子さんから預かりものがあると思うんですけど」

うつむきがちに言った。

「はい、預かっていますよ。あっ、ミズタさん、裏にあるから持ってきてくれる？」

何も知らないもう一人の女性コンシェルジュは、微笑みながら例の彼女の名字を呼んでそう頼んだ。「ミズタっていうんだ」と、私は居心地の悪い思いで彼女がそれを持ってくるのを待った。

ミズタはカウンターの裏に行き、小さな紙袋を持ってきて私に渡した。顔は見なかったが、彼女の胸に付いているネームプレートの「水田」の文字が目に入った。荷物預かり証に受け取りのサインをして、

「ありがとうございます」

と少し頭を下げ、もう一人のコンシェルジュにも礼を言い、エレベーターに戻ろうとしたそのとき、エントランスのドアが開いて、

「あっ、直実ちゃん！」

と、時戸の大きな声がホールに響いた。

時戸は屈託のない笑顔で私を見ていた。無邪気で無防備な彼には悪意など微塵たりともなかったのだろう。その場の空気を読もうともせずまっすぐに私の方に歩いてくる。邪気がないということは、ときとしてとても罪深い。私も、そしておそらく水田という女も、その場をどんな表情で取り繕えばいいのかわからなかった。豪華で品格の漂うエントランスホールが、見世物小屋になったような状況。登場人物は、時戸、私、水田、そして何も知らないもう一人のコンシェルジュの女。

「直実ちゃん、ちょうど良かった！　取りにきてほしい物があるから、ちょっと俺の

部屋まで来てよ」

そんなことを気楽な素振りで私に告げ、やっと今気付いたかのように、二人のコンシェルジュを見て、

「あっ、こんにちは！」

と声をかける時戸。

「おかえりなさいませ」

「……おかえりなさいませ」

嚙み合わない二人の女の声。あとから声を発したのが水田だったのだろう。途方に暮れながら時戸を見上げていた私は、水田に気付いたときの彼の表情が、ほんの一瞬だけ色を失って当惑したような気がした。

時戸はすぐに私に向き直り、

「さあ、行こう」

エレベーターへと私の背中を押しやった。エレベーターの中に入り、どこを見ていいかわからずに視線を宙に彷徨《さまよ》わせた私は、扉が閉まる瞬間に水田がジッとこちらを見ているのを感知した。その目は、遠くからでもわかるくらいに緑色に光っていた。

エレベーターが上昇し始めると、

「直実ちゃん、なんか久しぶりだね」

一番会いたかった人が、そう口を開いた。何度も身体を重ねている女にそんな常套句を言うのが、時戸らしくないと思った。数週間ぶりに見る彼は、少し痩せて、髪の毛が伸び、そして、相変わらず強烈な色香を漂わせて存在している。「私はやっぱりこの人が好きだ」と困ったように思いながら、

「そうだね」

と答えた。

「ずっと仕事が忙しかったんだよね。やっと一段落したんだ」

映画かドラマ、何かの撮影をしていたのだろう。時戸は、出会ってから一度たりとも自分の職業や仕事の内容に関して私に言葉を発さなかったので、私も何ひとつ尋ねたことはなかった。いつの間にか、私と時戸の間には、お互いのことをあまり聞かないという暗黙の掟がある。三十九階からも、雅博おじさんたちの住む四十一階からもエレベーターを乗り降りする不可解な私に関しても、時戸にその理由を聞かれたことはなかった。

「でさあ、昨夜、仕事が終わったお祝いにすごく大きな花束を貰ったんだよね。そ

れ、俺の部屋に置いてあるから取りにおいでよ」

「ありがとう」

花を貰えることよりも、初めて時戸の部屋、水田や他の女が抱かれたことのある部屋に行けることを嬉しく思いながらそう言った。

「あっ、ほら、そろそろ唾を飲み込んで！　耳がキーンってしちゃうから」

まるで一大事のように言いながら、私の頭をグリグリと撫でる彼。さっきのエントランスホールでの出来事も、ハナの病気のことも、他の女の存在も、何もかも瞬時にして忘れてしまうくらい胸が熱くなる。激しく抱かれているときより、頭にチョコンと手のひらを乗せられた瞬間の方がずっとドキドキして、私はその場に崩れ落ちてしまいそうになった。

時戸は普段、たくさんのスタッフに囲まれて仕事をしているはずだ。それなのに彼はそういう大勢の人の中に溶け込んでいる感じが全くしない。誰とも共存せず、絶対的にひとりで存在しているような、誰とでも仲良くできるのに実はどんな人にもなつかずに生きているような、目には見えない隔たりを持っているイメージがある。私はそこに惹かれてしまったのかもしれない。コミュニケーション不全の私と、おざなりのコミュニケーションなど不要とする彼。敵うわけがない。だから私は彼にひざまずいて服従したくなるのだと思う。

　エレベーターが最上階に到着した。時戸の部屋は、四十二階の廊下の一番奥にあった。自分の部屋に行くときよりもっと長い距離、廊下を歩く。こんな風に、歩いている彼の後ろ姿を見るのは初めてだなあ……と、いつもは裸になって腕を回しているその広い背中をずっと目で追った。

　彼が鍵を回す。開くドア。私の部屋の玄関よりずっと広い時戸の部屋のエントランスホール。大理石が敷き詰められているその場所には脱ぎ捨てられた靴が何足も乱雑に広がっている。時戸は少しだけ大理石の見えているスペースで、履いていたエンジニアブーツを脱ぎ、

「ちょっと待ってて」

　私を廊下に残したまま、再び玄関のドアを閉めた。あまりにも散らかっていてあたふたと部屋を片付けるのだろうか。それとも他の女の居た形跡を消し去ろうとしているのだろうか。いつだって開放的であっけらかんとしている時戸の、彼らしからぬ行動に爪を嚙む思いだった。ハナの介護の邪魔になるので、ここしばらく私の爪は綺麗に切り揃えられている。もし爪が伸びていたら間違いなく爪をキリキリと嚙んでいただろう。

時戸への愚かな恋心に気づいてから、待つことがとても苦手になっていた私は、「何もない廊下で、どうやってこの時間をやり過ごせばいいんだろう」とうつうつとしたが、それは杞憂だった。

「はい。すごく大きい花束でしょ？」

時戸はものの一分もしないうちに再度ドアを開け、私に大きな花束を手渡した。そして、私がお礼の言葉を言う前に、拍子抜けするくらいあっさりと、

「じゃあ、また電話するよ」

少しだけ右手を振って、ドアを閉めた。「ガチャリ」、内側から鍵をかける音が非情に響いた。

確かに彼は、「取りにきてほしい物があるから、ちょっと俺の部屋まで来てよ」と言っただけだ。それ以上のことは何も言わなかった。それでも、初めて彼の部屋に入れることを心ひそかに喜んで、あわよくば、彼の寝室で抱かれるかもしれないなどと思っていた私は、自分の愚鈍さにあきれた。惨めすぎて、自分を滑稽に感じながら、大きな花束を抱えて今来たばかりの廊下を引き返した。そのとき、背中で「ガチャリ」と、再び鍵を回す音がした。反射的に振り向くと、時戸がドアの隙間から顔を出し、

「直実ちゃん！　ちょっと待って！」

こちらに向かって手招きをした。またしても淡い期待を胸に灯らせてしまった私が急ぎ足で時戸の方へ行くと、ドアの下の方から大きく膨らんだゴミ袋が出てきた。

「ごめん、ほんと申し訳ないんだけど、ついでにこれ捨ててって」

全く悪びれた様子のない顔で、彼はそう言った。

『ル・ソレイユSHIBUYA』の各階のエレベーターホールの前にあるガーベッジルーム。距離にして三十メートルくらいだろうか。時戸は、自分の部屋からガーベッジルームまで私と一緒に歩いてくれるのではなく、その距離を億劫がって私にゴミを託したのだ。片手に花束、もう一方の手にはゴミ袋を持つ私。笑うしかなかった。そして、情けない自分を心の中で嘲笑したあと、言い様のない怒りがふつふつと湧いてきた。それは、時戸に対してではなく、間抜けな自分に対しての怒りだった。

時戸の住む四十二階は、このマンションの最上階。私の住む三十九階より、雅博おじさんと明日子さんが住む四十一階より、世帯数がずっと少ない。三十九階には十数戸の住戸がある。四十一階はその半分くらいだろうか。しかし、最上階の四十二階はわずか三つの住戸しかなかった。私の部屋よりはもちろん、雅博おじさんと明日子さんの部屋より何倍も広く、その家賃も高いのだろう。雅博おじさんたちのところでさえ広すぎると圧倒されていた私には、時戸の部屋がどれくらいの広さなのか想像すらできなかった。

時戸に手渡されたゴミ袋は、七十リットルサイズの大きさで、ずっしりと重かった。半透明の袋の中には、紙くずや空のペットボトル、菓子の空き袋などが、分別されずにいっしょくたに詰められているのが、透けて見える。

ガーベッジルームのドアを開けると、エルメスの大きなバッグが『燃えないゴミ』の棚にポツンと置いてある。ほとんど新品のように見える高級ブランド品が、そこにあることを不思議に感じ、思わずそれを手にとって見てしまう。傷も付いていないし、汚れもない、しかし、ファスナー部分が少しだけ壊れている。修理すればいいのに。まだ全然使えるのに。時戸なのか、それとも四十二階の他の住人なのか、捨てた人からすれば余計な心配をしながら、そのバッグを持ちかえりたい衝動に駆られ、価値観の違いにため息をついた。

時戸に手渡されたゴミを、『燃えるゴミ』『燃えないゴミ』『資源ゴミ』のどのセクションに置けばいいのか躊躇《ためら》いながら、せめて透けて見えている数本のペットボトルだけは分別しようと思い、ゆるい結び目をほどき、ゴミの袋を開けた。

時戸のゴミを盗み見したいなんて気持ちは微塵たりともなかった。神に誓って、そんな気持ちはなかった。だが、一本目のペットボトルを取り出したときに、その外側にべったりと正方形の小さなビニール袋が貼り付いているのに気付き、それが、いつも私の部屋に来る際に時戸が持参しているのと同じコンドームの空き袋だとわかった瞬間、私の中の理性がスッと姿を潜めた。おもむろにゴミ袋の中に手を突っ込み、彼の部屋から出たゴミの数々を調べる。ペットボトル、CMの絵コンテ、昨年爆発的に売れた小説と同じタイトルがついている台本、赤ワインであろう染みの付いたTシャツ、ファンレターだと思われる何通かの手紙、プレゼント包装されている入浴剤やマグカップ、ビールの空き缶、スナック菓子の空き袋……、次々に漁《あさ》る。何の感情もなく、ただゴミ袋の中にあるものを取り出し続ける。

パンパンに膨れ上がっていたゴミ袋が半分くらいの大きさになった頃、二個目のコンドームの空の袋を見つけた。歯がゆい気持ちになったと同時に、時戸が私を抱きながら言った「俺、百パーセントコンドームつけるから安心して」の言葉が空耳で聞こえ、その瞬間、我に返った。

その言葉を初めて言われたときには気付かなかったが、時戸がコンドームを百パーセント装着することは、相手に対する誠意とか思いやりではなく、決して相手の女を妊娠させる心配がないように、そして、どんな女と性交渉をしても病気をうつされたりしないように、それだけの理由からだ。「百パーセントコンドームをつける」と最初からアピールしておけば、相手の女は、たとえそれが虚言だとしても、「妊娠した」などと時戸に詰め寄らないだろう。

思わぬ場所で、時戸のこざかしさを再発見してしまった私は、散乱するゴミを素早く袋の中に戻し、結局、捨てられていたエルメスのバッグの隣に時戸のゴミ袋を置き、静かに四十二階のガーベッジルームを出た。

他人の領域に踏み入るのは不得手だったし、失礼だとも思っていた。誰かに必要以上に興味を持った経験も皆無に近かった。自分が出したものではないゴミを鵜の目鷹の目で物色するなんて、今までの私の人生であり得ないことだ。

もはや、時戸に対するイメージは初対面のときとは全く異なったものになっている。どうしようもない男だと思うようになっていたし、憎しみすらおぼえはじめていたけれど、それでも私はまだ、時戸が好きだった。その証拠に、人の持ついろんな感情の中で最も醜いものは嫉妬心だと昔から思っていたのに、今の私は明らかにそれを持ってしまっている。

ゴミ袋に手を突っ込んでいるときの私の目も緑色だったのだろうか……。そう思うと、身ぶるいがして、私は背中に腕を回し、自分で自分を抱きしめた。

三十九階に戻り、時戸に貰った花束をそのまま三十九階のガーベッジルームに棄てた。ハナが発病してから私は、観葉植物にも花にも興味を失っていたし、何かで部屋を飾りたてたり、植物に安らぎを求めたり、到底そんな気分にはなれなくなっていた。

部屋に戻ると、ヨロヨロとハナが近寄ってきた。痩せ細った身体を抱きあげる。以前は日向のような優しい匂いがしていたのに、今ではいつも血と膿の臭いがする。『すこやか動物病院』から帰ってきてから水を飲ませていなかったことを思い出し、水入れにたっぷり水を入れ、ハナをその前に座らせた。視力をほとんど失っているので、水を飲むときにエリザベスカラーをぶつけて水入れをひっくり返してしまう。いろいろ工夫したが、目を離すと必ずひっくり返すので、今は私が水入れをしっかりと押さえている間にハナに水を飲んでもらっていた。

容赦なくハナの命を蝕《むしば》む悪性メラノーマ。日々の病院通いからの疲れと重圧もあるのだろう、最近のハナは食欲が激減し、真っ直ぐに歩くことさえままならなかったし、一日のほとんどを眠って過ごしていた。

水を飲み終わったハナの顔を拭き、再び抱きしめる。抱きしめていると私の腕の中ですぐに眠る。失明している右目は、眠っているときも半分くらい開いたままになっている。瞼の周りの神経が壊死《えし》しているのだそうだ。顔の三分の二はすでに腫瘍に覆われていて、その腫瘍がところどころ突起してきている。もしも、全く知らない人が今のハナの顔をいきなり見たら、ほとんどの人が「気持ち悪い」と思うだろう。まともな人はハナの顔の腫瘍を直視できないだろう。病魔に冒され、以前の半分ほどの体重になり、時々、意識さえもぼんやりしているハナ。それなのに、私が部屋に居るときには絶対に私のそばでゴロゴロと喉を鳴らしている。愛おしくて仕方がない。

眠るハナの背中を撫でていたら、私の腕とお腹の辺りが急に温かくなった。「なんだろう」と思い、そっとハナを抱えて見てみると、その部分がしっとりと濡れている。ハナは失禁していた。ハナを飼い始めてから、彼女がトイレ以外で排泄したことは一度もなかった。ショックではなかったし、汚いとも思わなかったが、ただ、どんどん不自由な試練を与えられるハナが可哀想だった。

すこやか先生に電話をかける。ひと月ほど前に、「ハナちゃんの容体が急変した場合は、夜中でも大丈夫なので電話してください」と、先生は自分の携帯電話の番号を私に教えてくれていた。

「先生、ハナが眠りながらおもらしをしてしまいました」

取り乱すことなくそう言う。

「そうですか。トイレまで歩けないか、下半身の感覚がなくなってきてるんですね。当院まで来てもらってもいいんですが、今日来院したばかりだし、あんまりハナちゃんを動かさない方がいいでしょう。ペットショップにペット用のオムツが売っています。それの一番小さいサイズを買ってきて着用させてください」

エリザベスカラーの次はオムツ。やりきれない思いを押し殺して、

「はい、わかりました。明後日、またそちらに伺います」

そう言って、電話を切り、ハナをそっとベッドの上に横たえ、私はペットショップへと向かった。夜風の冷たさが肌に痛かった。出かけるときと帰ってきたときに、夜間勤務の初老のコンシェルジュが、「行ってらっしゃい」、「おかえりなさい」と事務的に言った。

一日おきだった『すこやか動物病院』への通院が不定期になった。

「ハナちゃん、衰弱しきってますね。今、処方している量以上の薬を投与するのはハナちゃんの負担になりますし、あまり頻繁にハナちゃんを外出させない方がいいと思います。今までと同じ薬を飲ませて、腫瘍の清浄も今までと同じようにやってあげてください。失明している方の目に目薬をさすのも忘れないでくださいね。何か、今までとは違う変化があったらすぐに連れて来てください。あっ、少なくとも十日に一回は来院してください。とりあえず十日分の薬と栄養価の高い缶詰のゴハンを出します」

すこやか先生はハナの健康状態を心配して、そう診断した。

「わかりました。私は、仕事をしていないので、時間に余裕があります。家に居た方がハナのストレスにならないと思うのでそうします」

気丈に答える。

「直実さん、ハナちゃんの看病は重労働です。何回にも分けて薬をあげなくてはなりませんし、ハナちゃんは自分で排泄できなくなっています。もう水もゴハンもあまり欲しがらないでしょう。でも、ちゃんと食事を与えてください。栄養を摂ることが一番重要ですから」

「はい」

病魔との闘いはまだまだ続く。平気だ。ハナの辛さに比べたら、私の辛さなんて何でもない。

通院回数が減り、家の中から一歩も出ない生活が再び始まった。

飲み薬と目薬と塗り薬、全部で十種類を超える薬。一日に投与する回数は合わせて二十回。食事は六回に分けて、食事のあとには毎回見るも無惨な腫瘍と、失明して白濁している眼球をそっと拭き、そのあと、床に飛び散った餌や血痕を念入りに掃除する。小刻みな睡眠だけをとり、ハナの介護に明け暮れた私は、睡眠不足でいつもフラフラしていた。食欲はあったし、さほど体力の消耗は感じなかったが、いつも寝起きのような、足元がおぼつかない感覚で毎日を過ごした。空中にユラユラと浮かびながら暮らしているような感覚が日毎に強くなった。

床暖房を点けていないと寒すぎると感じるようになった初冬の夜、時戸が部屋にやってきた。電話もなしにいきなり部屋に来るなんて初めてのことだ。どれくらいぶりかおぼえていないほど久しぶりだったが、

「よう！」

時戸は、ここに来るのが日課になっているような自然な顔をして私に笑いかけた。ハナの世話で手一杯になっていたので、部屋が散らかっている。窓際にズラリと並べられていた観葉植物のほとんどが枯れかけているし、以前は、部屋のいろんな場所にさりげなく飾っていた花も、今ではそれを生ける花瓶すら置いていない。

「あれ、なんか直実ちゃんち、前と雰囲気が違うね」

勝手に部屋に上がり込んできた彼からは、案の定、酒の臭いがした。

男も女も、アルコールが催淫剤になる人は多い。大学時代も、出版社に勤めている頃も、酔っぱらって迂闊にセックスをしてしまった人々の体験談をたまに耳にした。友人や同僚と飲みに行った経験は数えるほどしかなく、その上、昔から酒が強かった私には縁が薄い話だったが、確かに、時戸は酔っているときに私の部屋に来て、私を抱くことが多い。初めて時戸とセックスした日も、その内容がどんどんエスカレートしていったときも、いつも彼はお酒を飲んでほろ酔い状態だった。

時戸と共に過ごす時間に、童話のようなハプニングではなく、もっと刺激的で官能的な出来事を欲しがるようになっていた私には、アルコールなんかより、時戸の存在そのものがずっと強烈な催淫剤だった。彼の生身の姿を目にするたびに、淫らに疼《うず》くような欲情を感じ、彼の身体を欲した。出会ってから案外すぐに「この人は無邪気を装いながら表面的な心情しか見せていない。この人の心はきっとすごく冷淡だ」と推察していたから、なおさらのこと、彼の身体に執心したのだと思う。私の方にだけ身のちぎれそうなせつなさがあり、そのせつなさは私の中でどんどん激しいものへと変わっていたから、おざなりの会話をするより、素っ裸で身体を合わせている時間の方が、ずっと建設的だと思った。愚の骨頂だけれど、そんな時戸への想いは、私にとってはれっきとした恋愛感情だった。

そして今夜も、彼は私の服を脱がせ下着姿にする。自分のシャツとデニムをパッパッと脱ぎ、優しくも強引に私を引き寄せる。時戸との久しぶりの性の儀式はベッドの上で始まった。ねっとりと唇を合わせたあとに私の下着を剝ぎ取り、舌を吸い込み、指を這わせ、足を絡ませてくる時戸。この人には独自の体臭がある。甘い微香のようで、青い獣のような匂い。それを嗅ぎ取ると、私はいつも、このまま死んでしまってもいいような猥《みだ》りがましい陶酔感に包まれる。私の湿度を確かめるや否や、コンドームの袋を歯で嚙みちぎる彼。この間、時戸のゴミ袋の中から出てきたものと同じパッケージ。

「今日、避妊具はつけなくても大丈夫。安全な日だから」

そのコンドームを見て、なぜか投げやりで挑戦的な気分になった私は、軽率にそんなことを空々しく言った。

「ダメだって。絶対にコンドームしないとヤバいって」

器用にスピーディーに避妊具を装着して私の中に入り込み、会話を成立させなくするために唇を唇で塞ぎながら、最初はゆっくりと、やがて激しく肢体をぶつけてくる彼。そしてそのまま被支配者になる私。

私は、時戸のことを好きな自分が憎らしくなるときがある。私の知らない私が、時戸と一緒にどんどん本来の私を乗っ取ってしまうような恐怖心。それなのに、沼のような快楽の底へ底へと進みたがる堕落心。

こんな毎日の中で、時戸に抱かれているときにだけ刹那的に悲しみや苦しみを忘れ、時戸の肌に触れているときにだけ自分の存在確認ができる。私は馬鹿だ。救いようのない馬鹿だ。

美しい顔をしかめて、微《かす》かなうめき声をあげながら果てた彼は、ガクンと一瞬私に覆いかぶさり、最後にかするようなキスをする。その後、人差し指で私の頰をポンポンと軽く叩き、トイレに向かい、コンドームを外す。トイレから戻ってきたときの彼のペニスはだらりとうなだれていて、まるで私への興味が萎んでしまった証のようにさっきまでの猛々しさをすっかり失っている。彼が下着を穿き始めたので、慌てて私も服を着る。彼が帰る際に私だけ裸のままでいるのは絶対に嫌だった。

時戸が、自分のシャツのボタンを留めているときに、突然、「ヒヤア」とかすれた声で鳴きながらハナが姿を現した。エリザベスカラーとオムツを身につけて、のろのろと私の方に歩いてくる。彼女にとっての侵入者であるはずの時戸の方は全く見ようともせず、私の足元に来て、ヨロリと座った。時戸が私の部屋に居るときに、ハナが姿を見せたのは初めてだったので、私は驚くより先に、キツネにつままれたような気持ちになり、ぼんやりと、思わずハナに見入ってしまった。

時戸は、「ん?」とハナを一瞥した瞬間、みるみる顔を歪ませて、

「うわっ、なんだこいつ。気持ちわりぃ!」

と吃驚《びっくり》して叫び、この世で最も汚らわしいものを見たような顔をしてハナを見た。

「あっ、この子、病気で……」

次の言葉を探している私に、

「マジで気持ちわりぃ。なんなんだよ、その顔。化け物みたいじゃん」

と言い、ボタンを最後まで留めず、去り際の挨拶もなしに部屋を出て行った。バタンとドアが閉まる。ハナを蔑視した時戸に怒りは感じなかったし、さげすまれたハナのことを気の毒だとも思わなかった。ただ、頭の中が真っ白になって、ぼんやりと窓

の外を見た。私の下に広がる東京の街は、キラキラとせわしなく輝いている。夜空に空中停止しているような感覚がいつまでも消えない。

　ハナと時戸と自分のプライオリティーがぐちゃぐちゃになっている。


　ほとんど眠れずに朝が来た。

　十一月の半ばの日曜日。部屋の窓から画然と見える富士山の白い冠が少しだけ大きくなっている。携帯電話を開くと明日子さんからのメール。

『直実、起きてる？』

　受信時間は一時間前。

『ごめん、今メールに気付いた。起きてるよ』

　そう返信したらすぐに、

『あとで行って平気？』

　と返ってきた。

『平気だよ。散らかってるけど』

『ＯＫ！　じゃあ、三十分後に行くね』

　このところ、日曜日に必ず明日子さんは私の部屋に来てくれるようになっていた。

ハナの介護だけに時間を費やしている私に、いつもながら食べ物や必需品を持ってきてくれる。身内である雅博おじさんや明日子さんが見ても、ハナの症状は手の施しようがないとわかるくらい悪化していたし、身体は激痩せしていた。昔から涙もろい雅博おじさんは、最近のハナの姿を見るたびに耐えきれない顔をして涙ぐみ、明日子さんに、

「なんで、あんたがメソメソするのよ。あんたが泣いたってどうにもなんないでしょ?」

とたしなめられていた。明日子さんは本当に優しくて強い人なんだと思う。私を慰めるようなことは何も言わないし、ハナから目を逸らすようなこともしない。以前と何も変わらない表情と態度で、それでも常に私とハナの様子を見守っていてくれる。

メールからきっかり三十分後、いつもよりずっとたくさんの荷物をカートに載せて明日子さんが来た。

「この間、雅博くんと一緒にコストコに行っていろんなもの買い溜めしてきたの。今日は、豪華だよ〜。直実にもハナにもいろいろあるからね」

と、鼻の穴を膨らませて言う。ドアの外に置いていたカートからいくつもの紙袋を運んで来るので、

「すごい量!!」

と、思わず他人事のように笑ってしまった。

料理どころではない私のために、バランスを考えた日持ちする惣菜、電子レンジで温めるだけで済む冷凍用の食品。サラダにフルーツにお菓子に飲み物。ティッシュペーパーにトイレットペーパーにキッチンペーパー。私の読みそうな本。それ以外にも大型量販店で買ったたくさんのものを次々に紙袋から出して、したり顔で私に見せる。明日子さんはひとつひとつを嬉しそうに床に並べるので、私のリビングルームはその大量の品物で埋め尽くされてしまった。

「うわあ、こんなにたくさんありがとう。本当に助かります」

財布からお金を出そうとする私に、

「いいって、いいって。買いたくて買ったんだから。私も雅博くんもコストコに行くといつも必要以上にいろんなもの買っちゃうんだよね」

そう私に言いながら、

「それから、これ。すごく効くみたいだから使って」

最後に明日子さんが取り出したものは、薬用のハンドクリームだった。

ハンナの介護で一番大変だったのは水仕事である。一日に何度もハンナの使った食器を洗い、血と膿がこびり付いたエリザベスカラーを洗い、粉薬を水に溶かして与えるときに使う注射器を洗い、血が飛び散った床や家具を拭いていた。いちいちビニールやゴムの手袋をしている余裕もないくらいに次々に洗い物をしていたので、私の手は荒れすぎて傷だらけになり、傷口がパックリ割れて悲惨な状態になっていた。何を言ったわけでもないのに、目ざとくそれに気付いてくれていた明日子さん。見たことのない外国製のハンドクリームだったから、きっと散々探して、最も効きそうなものを選んできてくれたのだろう。彼女の気遣いに胸を打たれた。

「直実、ハナに餌と薬あげなよ。時間かかるんでしょ？　その間に私、掃除と洗濯するから」

更にそんなことを言ってくれる。

「大丈夫だよ。自分でするよ」

「いいから。あんたは人に甘えなすぎ。依頼心が弱すぎるの。困ったときはお互い様なの。最近のあんた、自分が獣医師になったみたいにいろいろ難しい介護してるじゃない？　ハナの世話は他の人じゃとても無理っぽいから、せめて私が家事をするよ。直実に出会った頃は料理も掃除もてんで苦手だったけど、私だって主婦として成長してるんだから。もう家族と同じなんだから任せて！」

そう言って、彼女は散らかった私の部屋を片付け、掃除と洗濯をしてくれた。昨夜、時戸と身体を合わせ、寝乱れたままだったシーツを彼女が見つめたときにヒヤリとしたが、彼女は何も言わずにベッドメイキングを続けた。なんだか、ひどく申し訳なかった。

明日子さんが家事を引き受けてくれたので、いつもよりハナの世話に集中できた。食事に薬を混ぜて与え、食後には注射器で別の薬を与える。それを済ませると、餌がこびり付いているハナの腫瘍を優しく丁寧に拭いて消毒し、白濁して開いたままになっている瞳に目薬をさす。ハナは朝の食事のあとに排便するのが常だったので、ハナをトイレに置き、便が出やすいようにハナの肛門を濡れた清浄綿で刺激する。排便が済んだら新しい紙オムツと綺麗なエリザベスカラーを装着させる。一連の作業が終わったときには、部屋の中もすっかり綺麗に片付いていた。

「そう言えば、直実、明日が何の日か忘れてない？」

作ってきてくれたサンドイッチをテーブルに出しながら明日子さんが言う。

「明日？」

曜日感覚がすっかりなくなっている私は首をひねる。

「明日、ハナの誕生日だよ」

「えっ？」

「ハナって、私の友達とおんなじ誕生日だからおぼえてるんだ」

「十一月……、本当だ。ハナの誕生日だ、明日」

「もう。ハナの面倒ばっかりみてるのに、肝心の誕生日忘れちゃうなんて、ダメじゃん。ハナ、何歳になるんだっけ？」

「十三歳。明日で十三歳」

そうか、十三歳になるんだ……。子猫のときからずっと私のそばに居たハナがもう十三歳。しみじみといろんな思い出が走馬灯のように去来する。

「ねえ、次は何時にハナに薬をあげなくちゃならないの？」

「二時間後だよ」

「あっ、じゃあさあ……」

明日子さんは、何か楽しそうなことを企てているときに、いつも悪戯《いたずら》っ子みたいな顔をする。その独特な顔で、彼女は私にひとつの提案をした。

日曜日だというのに珍しく代官山までの道は空いていた。雅博おじさんが運転する車がスイスイ旧山手通りを進む。いくつかの気の早い店舗にはすでにクリスマスデコレーションが飾られていた。朗らかなその性格に似合わず、昔から雅博おじさんは運転が荒かった。下手なのではなく、とにかくスピードを出したがる癖があるのだ。急カーブでも減速しないので、身体が大きく揺れる。

「ちょっと！　もう少し安全運転を心掛けなさいよ！」

助手席の明日子さんが悲鳴をあげながら言う。

「大丈夫、大丈夫。俺、運転だけは自信あるから」

聞く耳を持たずに運転を楽しむ雅博おじさん。

言い合っていたかと思えば、今度は、

「あっ、雅博くん。あそこのフレンチレストラン、結婚前に行ったよね。あそこで初めてカルピスバターを食べて感動したんだよねえ、私」

雅博おじさんの肩にそっと手を置く明日子さん。

「行ったなあ。二年くらい前だよね？　あそこ、美味しかったよな。今度また行こうよ。最近フレンチ食べてないもんな」

まんざらでもない様子で明日子さんに笑いかける雅博おじさん。決してベタベタしないが、さりげなくいちゃつく二人を見て、「そうだよなあ。恋愛って、こんな風になにげなく幸せそうな感じのことを言うんだよなあ」と、自分と時戸の関係の希薄さや、自分の愚劣な素行に、罪の意識を感じた。

明日子さんの提案とは、ハナのバースデイケーキを買うことだった。

「代官山にペットグッズのセレクトショップがあって、そこにペット用の無添加のケーキが売ってるの。ちゃんと猫用とか犬用とかあって、ペットの健康に悪いものは一切使用してないんだって。ハナさあ、療養食と薬ばっかりだから、誕生日くらいちょっと違ったものを食べさせてあげたら？」

「そんなの売ってるの？　行きたい！　そこでハナの誕生日ケーキを買いたい！」

外出することに珍しく胸を躍らせた私に、

「そうしよう、そうしよう！　すぐ近所だから、二時間あれば歩いて行って帰ってこられるし。行こう、行こう！」

明日子さんの方がずっと嬉しそうにはしゃいだ。結局、その日在宅していた雅博おじさんが車を出してくれて、三人でその店へと向かった。北欧調の店内には、見たこともないオシャレなペットの洋服やグッズが溢れんばかりに陳列されていた。キャッシャーの脇にはガラスのショウケースが置いてあり、そこにかわいいケーキが何種類も並んでいる。

「たくさんあるねえ。かわいいねえ。どれがいいかなぁ」

目を輝かせる明日子さん。

「あっ、なんかすごくうまそうだなあ、俺たちも買おうか？」

雅博おじさんは子供みたいにショウケースにぴったりくっついてケーキを見ている。

「アホ！　これ、ペット用だって！　全然味がしないよ。雅博くん、ホントに甘いもの好きよねえ」

夫婦《めおと》漫才みたいな二人のやり取りを聞きながら、

「これにする」

私は、直径二十センチくらいの桜色のケーキを指差した。ハートの形をしている。ハナだけが食べるには少し大きすぎるけど、色も形も、ハナのイメージに合っていると思った。このケーキを食べるハナが見たい。認めたくないけれど、心のどこかで、今年がハナにとって最後の誕生日になる……とわかっていたから、綺麗でかわいいこのケーキで明るく楽しくお祝いしたかった。

「自分で買う」と何度も言ったのにもかかわらず、「これは私からハナへの誕生日プレゼントにするの！」と、明日子さんがそのケーキを買ってくれた。とても小さな字で『HAPPY BIRTHDAY HANA』と書かれたプレートもつけてもらった。雅博おじさんも「これは俺から」と、同じ店でハナに、肌触りのいいモコモコしたベッド（ケーキと同じく桜色でハートの形をしている）と、小さなブランケットをプレゼントしてくれた。

ハナの薬の時間が迫っていたので、先にマンションに戻る旨を伝えると、雅博おじさんが車で送ってくれた。

「せっかくの日曜日なんだから、二人でデートしてきたら？　私はハナの世話があるし、ちょっと眠りたいから」

と言うと、二人は少しすまなそうな顔をしながら、私をマンションのエントランスで降ろして、青山通りの方へ車を走らせて行った。

エントランスホールに入り、フロントカウンターから、

「おかえりなさいませ」

の声が聞こえた。おそるおそる視線を向けると、そこに座っていたのは、水田ではない他の女性コンシェルジュだった。ホッと胸をなでおろして、

「こんにちは」

と笑顔で言った。しばらくポストを開けていなかったので、集合ポストに行き、郵

便物を取り出す。ダイレクトメールや請求書、マンションからの定期点検のお知らせなどの郵便物の中に、なにか小さな、くたりと萎んだ水風船のようなものがある。不審に思い、よく見てみると、それは使い終わったコンドームだった。口の方は結ばれていて、先の方には白い液体が溜まっている。汚辱と戦慄に、大声で叫び出したい衝動を必死でこらえ、それをまたポストに戻すわけにもいかず、郵便物の間に挿《はさ》み、部屋へと持ち帰った。

ケーキを玄関に置いて、「ただいま」とハナに声をかけることも忘れ、すぐさま洗面所に急いだ。大量のハンドソープで、皮膚が剝がれてしまいそうなほど、念入りにごしごしと手を洗う。洗っても洗ってもゴムの乾いた感触が指先からなくならなかった。

身の毛がよだつ。なんて卑劣な嫌がらせだろう。悪戯の域を超えている。他人のポストの中に、使用済みの生々しいコンドームを入れるなんて、まともな人間のすることじゃない。ビニールの手袋をはめ、不快きわまりないその汚物を郵便物に挿んだままゴミ袋に投げ捨てる。そのままガーベッジルームにそれを捨てに行った。

この間、時戸のゴミ袋を開いてしまったことの罰が当たったんだと自責の念にかられながらも、「こんなことをするのは、こんなことをできるのは、あの女しかいない」と、水田という女性コンシェルジュの緑色の目を思い出していた。

私は再度手を洗い、傷口に沁みるのを堪えながら除菌剤を塗りたくり、ハナに食事と薬を与え、一連のケア作業を行った。自分が薄汚い存在に思えて、自分の手が黴菌《ばいきん》だらけな気がして、普段通りにはハナに触ることができなかった。

翌日の月曜日、ハナの十三歳の誕生日は、たまたま『ビューティフルレイン』の定休日だったので、美雨が一緒にお祝いしてくれることになった。

『明日、何してる？　家に居る？　私、お休みだから直実とハナちゃんに会いにいきたいなあ。あっ、でも無理はしないでね』

と、前の晩に彼女は遠慮深いメールをくれた。

『全然大丈夫だよ。来て来て！　明日ね、ちょうどハナの誕生日なんだ。猫用のケーキを明日子さんがプレゼントしてくれたから一緒に祝って！』

ハナが私以外で一番なついているのが美雨だった。決して他の人の膝の上や腕の中で眠らないハナなのに、昔から美雨にだけはそれをしていた。初めて美雨の太ももの上でハナがゴロゴロと言いながら寝入っているのを見たときに私が嫉妬してしまったほど、ハナは美雨のことが好きだった。すこやか先生同様、美雨にも動物を癒す何か特別な力があるのかもしれない。

部屋の中に入ったとたんにハナをジッと見る美雨。何も言わないけれど、その目は「大丈夫。大丈夫だよ」とハナに語りかけている。「これが一番嬉しいと思って」と、プレゼントにたくさんの紙オムツとペット用のウエットティッシュをくれた。

「猫はさあ、本当に綺麗好きだから、オムツはこまめに替えてあげなね。ちょっとでもおしっこしてたらすぐに替えてあげて。ハナちゃんがいつも気持ちよくいれるように」

おそらくハナは、自分が排尿している意識すらすでにないほどいろんなことに無感覚になっていたけれど、私はありがたく「うん」と答えた。

キャンドルを一本だけ立てたバースデイケーキを床の上に置く。美雨は「かわいいねえ、そのケーキ」と言ってキャンドルの火を灯し、子守唄を歌うように優しい声で「ハッピーバースデイトゥーユー」と歌ってくれた。ハナの代わりに私が火を吹き消した。

子猫の頃からハナには、猫用の食事しか与えていなかったので、ハナは人間の食べるものに興味を示さない猫だった。焼き魚やハムをハナの鼻先に出しても、絶対に口をつけなかった。だから、今回のバースデイケーキも食べないかもしれないなあと思っていたのだが、思いがけずそのケーキの上のクリームをペロペロと舐めだした。暗《あん》紫色《ししょく》と茶色に濁った腫瘍の間から出てきたハナの舌は、以前と変わらぬ鮮やかなピンク色で、そこだけとても健康的に見えた。

「食べた、食べた！」と美雨と抱き合い、ケーキを食べるハナの動画をデジカメで撮る。ケーキを小さくほぐしてあげると、ハナはそれもそもそと食べた。腫瘍は口の中にまで広がり歯を埋めてしまっていたので、ハナは食べ物を上手に噛めなくなっていたが、薬の味のしない食べ物が嬉しかったのだろうか、毎日あげている療養食の缶詰を食べるときよりもずっと旺盛な食欲を見せ、ゆっくりゆっくり時間をかけてケーキを食《は》んでいる。誕生日らしい誕生日。思わず涙が出そうになるのを懸命に堪えた。

「直実、私が居るうちにハナちゃんのケアしちゃいなよ。その間に私、何か作るから」

その言葉に甘え、ハナの食後のケアをする。ハナのケアをしているときはいつも栄養食の独特な臭いや、血や膿の臭いを感じていたが、今日は美雨が作る料理のいい匂いが部屋中に充満している。やわらかな気持ちになりながら、私はハナのケアを終え、オムツを穿かせ、エリザベスカラーを装着した。

美雨が作ってくれたパスタと野菜のマリネが食卓に並んでいる。

「美味しそう。誰かが作ってくれたものを食べられるって幸せだね。いただきます」

明るい声を出して、全粒粉のスパゲティーをフォークでくるくると巻いた。食事と薬と一連のケアを終えたあとのハナは、普段だったらすぐに寝入るのに、今日はヨロヨロと、ゆっくり私たちのテーブルに歩いてきた。すると、それを見た美雨は、自分のフォークを置き、ハナを抱きあげた。

「なんだあ、ハナちゃん。今日は元気だねえ。誕生日だからかな？」

そう言って、なんのためらいもなくハナのエリザベスカラーを素早く外し、片手でハナの前足を押さえたまま、もう一方の手で優しく物柔かにハナの身体を撫でる美雨。

「こんなに軽くなっちゃって……。でもね、ハナちゃん。頑張るんだよ。頑張ってまだまだ生きるんだよ」

美雨は、ハナが腫瘍を引っ掻かないように足を押さえたまま、ハナを自分の顔のところまで引き上げてその身体にキスをした。

すごい。美雨は本当にすごい。変わり果てた姿のハナを、今までと何も変わらぬ素振りで可愛がってくれる。これがハナではなく、他の猫だったら、私に同じことができるだろうか。美雨は昔から心が豊かだ。慈しみの愛に溢れている人だ。そう思ったら、泣けてきた。

「どうして直実が泣くのよ。しかもこのタイミングで突然」

涙腺がどうにかなってしまったみたいに、とめどなく漏れ流れる涙を拭こうともしない私を見て、美雨はあきれたように言う。

「絶対に言っちゃいけないんだろうけど。二度と言わないけど……」

覚悟も我慢も決意も関係ない。もう今日は強がらない。

「何よ？　言いなよ。言っちゃいなよ。何でも聞くから」

「私ね、私ね……疲れた。毎日、毎日、ハナの介護に明け暮れて、それなのに腫瘍がどんどん大きくなって顔が変わってって、体重がどんどん減って。もうねえ、どうしていいかわかんないくらい毎日辛い。ハナが死んだらどうしたらいいかわかんない」

赤ん坊みたいにオンオン泣いた。自分でもびっくりするくらい嗚咽《おえつ》が止まらなかった。

「そんなの当然だよ。わかってるよ。直実の辛さを百パーセント理解することはできないし、あんたの哀しみに触ることもできないけど、でも私わかってるよ。あんたが毎日どんだけ辛いか、あんたがどんだけ哀しいか。それだけはね、痛いほどわかってるよ」

そう言った美雨も顔をぐちゃぐちゃにして泣きだした。

しばらく声をあげて泣き続けた私たちは、二人揃って泣き疲れてしまい、ヒックヒックと呼吸を乱しながらも泣きやんだ。

「ねえ、直実、目がパンパンだよ。見たことないくらい瞼が腫れてて、かなりブスだよ」

「美雨も。化粧が剝がれて、すごいことになってる。魔女みたいだよ」

そう言い合いながら、困ったように笑った。そして、「せっかくのハナの誕生日だから」と、その酷《ひど》い顔のままで、二人と一匹で、門外不出の記念写真を撮って、冷めた料理をバクバク食べた。

美雨が来てから二回目のハナのケアが終わり、コーヒーを淹れて飲む。今日の私たちにお酒は要らない。酔っぱらった勢いで盛り上がるのでなく、もっとゆるやかでもっと親密な時間を共有しているから。

「時戸森則さんが日本フィルムアワードの主演男優賞を史上最年少で受賞しました」

突然、彼の名前をこの部屋に放り投げてきた女性アナウンサー。夕方のニュースのエンタテインメントトピックのコーナーに、満面の笑みで報道陣に囲まれる時戸が映った。私の知っている彼よりずっと紳士的で大人びた応対をしている。それを観た美雨が、

「そう言えば、この人とはどうなった？　相変わらず階上《うえ》の住人なんでしょ？」

今日の朝食のメニュウを聞くようなたわいもない口調でそう聞いてきた。テレビからは「ありがとうございます」と、聞き慣れた声が何度も届いてくる。さっきの慟哭《どうこく》で、羞恥心やためらいや混迷を涙と一緒に流してしまったのだろうか、

「まだ時間大丈夫？」

と確認したあと、私は美雨に、時戸との出逢い、合鍵を渡したこと、たび重なる逢瀬、エレベーターでのハプニング、そしてポストの中に入っていたコンドーム、彼がハナを「気持ち悪い」と言ったことといった、私に起こった時戸がらみの出来事を話した。自分のことを誰かに話すのはとても苦手な行為だったので、しどろもどろになりながらも、ゆっくり時間をかけて、その全容を説明した。

美雨は、コンドームの件で「信じらんない」と声を漏らしたとき以外は、何も言わず、何も質問せずに最後まで黙って聞いていてくれていた。

「直実……。私、他人の恋愛に興味もないし、口出しする気もサラッサラないけどさあ。不毛すぎるよ、それ。どう考えてもちゃんと付き合ってないじゃん。そんな恋、続けてちゃ疲れるだけだよ。あんたが救われるとこがひとつもない。そんなどうしようもない男、やめたほうがいいって」

「わかってる。わかってるんだけど、会いたくなる。会うとすごく嬉しくなる。どうしようもないけど、好きなんだもん」

世間知らずのティーンエイジャーのようなことを言う私。

「あーあ。恋はさあ、そう思っちゃった時点で恋だから、私が何を言ったって、あんたがどんなに傷付いたって、結局、あんた自身が引き際を見つけるまで終わらないんだよね。それにしても厄介な男を好きになったもんだね」

「私さ、あの人のことを好きな自分が嫌い。自分らしさをどんどん消耗している気がする」

「それも恋だね。自分を見失いがちだし、莫大なエネルギーを消耗するからね、恋は」

「しかもね、私、彼の部屋に花束を取りに行ったあと、彼のゴミを漁っちゃったの。ストーカーみたいなことしちゃったの」

花を貰い、ゴミ袋を渡されたときのことまで話してしまった。もう何もかも吐露したい気分になっている。

「ああ、重症だね。ホント、直実じゃないみたいだね、その行動。直実の口からじかに聞かなかったら、絶対に信じてないわ、私」

苦笑いを浮かべながら言う美雨。

「どうなるんだろう、この先。こんなんじゃダメだってわかってるんだけど……」

「そんな、他人事みたいに。でもさ、とにかく自分を大切にしなよ？　ただでさえハナちゃんの世話で心身共に衰弱してるんだからさ。あんたはすぐに自虐的になるから、まずは自分のことをちゃんと心配してあげなさいよ。あれっ、私、すごく偉そうに、カウンセラーみたいなこと言ってるね」

美雨が照れたように笑ったので、私も笑った。

「でもさあ、昔から直実って絶対に悩みとかを相談してこなかったじゃない？　直実の恋愛話をこんなに聞くの初めてだね。なんか嬉しいかも」

「ごめん、でも、ありがとう」

それがどんなに近しい人であっても、自分の悩みや迷いを誰かに話すのは、相手にそれを押し付けているみたいで嫌だった。的外れな「沈黙の美学」を自分の中に持ち

続けていたのだと思う。それを美雨に告げると、

「人ってさ、他人のことをそこまで理解できないのかもしれないけど、誰かに言うだけで楽になることってたくさんあると思う。抱え込んでる重荷がすこし軽くなるっていうか……。だからさあ、信用している人にはどんどん話しなよ。自分で無意識のうちに閉ざしている出口を、他の人が開けてくれることもあるし」

美雨の想念は私のそれよりずっと成熟している。彼女の言葉を胸に嚙みしめて、今度は泣かなかったけれど、心の奥底から彼女の存在と彼女と私の間に介在している友情に感謝した。

結局、そのあとのハナのケアが終了するまで、美雨は私の部屋に居てくれた。食事の後片付けも美雨がやってくれた。

「明日も早いからそろそろ帰るね」

彼女がそう言って腰を上げたので、

「私も、外の空気が吸いたいから下まで行って見送る」

ショールを羽織った。窓が開かない部屋の澱んだ空気を体外に追い出すために、気分転換をしたいときには共用ガーデンに行って、深呼吸をするようにしていた。以前

から雅博おじさんに「そうするだけで、かなり気分が変わるから」と勧められていた。それが、都会の汚染された空気だとしても、三十九階の、窓が開かない部屋よりはずっと澄んだ空気を味わえる。

私たち二人がエレベーターを降りたとき、エントランスから時戸が歩いてきた。夕方のニュースで見たときと同じスーツを着ている。

時戸は「こんばんは」と、まるで見知らぬ、ただ同じマンションの住人にするようなよそよそしい挨拶をして、私たちの横を通り過ぎ、エレベーターに乗った。通りすがりに彼は好奇のまなざしで美雨を目視した。私ではなく美雨を。美雨も一瞬でそれが時戸だと気付いたが、「こんばんは」と返したあとにすぐに時戸から目を逸らした。

「ホントにここに住んでるんだね」

外に出てすぐに美雨が口を開く。

「美雨のこと見てたね」

私がつぶやくと、

「新しもんズキなんだよ。なんか嫌だなあ、ああいう男」

洟《はな》も引っ掛けない口ぶりで一笑に付し、

「あっ、あの月、笑ってるみたい」

夜空を見上げて、美雨が言った。綺麗な上弦の月が出ている。月はひとりでは輝けない。暗黒の夜の裏側で太陽が照らしているから月は輝くのだ。太陽が美雨で、あの上弦の月が私みたいだ。

「じゃあまたね？　またすぐ来るね。迷惑でも直実の監視に来るから」

美雨はそう言い残して帰って行った。


美雨がたとえた時戸……新しもんズキ。確かにそうなのかもしれない。

「来る者拒まず、去る者追わず」

そんなことをひとりごちて、冬の冷たい空気を思いっきり吸い込む。肺が凍りつきそうになるが気持ちいい。時戸は、来る者は拒まず、来ない者は引き寄せる。去る者は追わず、去らぬ者は追い払う。そんなタイプなのではないだろうか。そう思案しながらも、「今日は一目だけ会えた。一瞬だけどすれ違った」と気もそぞろになっている。私の恋は、もはや手の施しようがないのかもしれない。

三十九階から毎日窓の外を見ていた私は、空や雲の流れ、眼下に広がる街の様子で季節の移り変わりを感知していた。

時戸との逢瀬が頻繁だった頃は、カーテンを閉めっぱなしにして自ずからこの部屋に幽閉されているような気分になっていたものの、明日子さんには、

「なんで昼間っからカーテンを閉め切ってるのよ？　不健康だねえ」

といつも言われ、美雨にも、

「たとえ窓越しでも毎日日光を浴びなよ。せっかくこんな立地条件と景色なんだから、街を見下ろしたり空を見上げたり、この部屋をちゃんと楽しまないと雅博おじさんに失礼だよ」

そうたしなめられたので、よほど日差しが強いとき以外は昼夜をわかたずカーテンを目いっぱい開いて過ごしていた。空は、めまぐるしくその表情を変え、言葉では言い表すことのできない情景を私に見せる。晴れているときは空が笑っているような気がしたし、曇り空のときはしかめっ面、雨のときは泣いているように感じた。

5

今年のカレンダーが残りあと一枚になった。

時戸は、最後に会った夜から電話もかけてこなかったし、部屋を突然訪れることもなかった。

「おせっかいかもしれないけど、直実のマンションの階上の住人、映画の撮影でタイに行ってたんだって。今朝のニュースでやってた」

数日前に美雨からそんな電話をもらっていた。相変わらず私が時戸からの電話を、そして来訪を待ち焦がれていると危惧して、私の無分別な恋心の行方を心配してくれている。

「そうなんだ。知らなかった。なんかバカみたいだね、私」

会わなくても全然忘れられないのならば、いっそずっと思い続けていればいい。嫌になるくらいに今でも好きならば、嫌だ嫌だと思いながらそれでも好きでいればいい。いつか答えが出るだろう。投げやりにではなく、そう思っていた。

コンシェルジュの女、水田の姿を見かけることもなかった。『すこやか動物病院』に通院する際は地下駐車場から出入りしていたし、三十九階に息苦しさを感じて戸外の夜気に当たりに行くのはいつも真夜中過ぎだったから当然だ。ごくたまに、ハナの世話の合間に明日子さんとランチに出かけるときや、ちょっとした買い物でキオスクに行くために水田の勤務時間中にフロントを通るときも、幸いなことにフロントデスクに座っている彼女に遭遇することはなかった。

郵便物を取り出す際は、及び腰になってビクビクしたが、あれ以来、ポストの中に異物が混入していることは一度もない。

遊歩道を歩く人々は、コートを着たりマフラーを巻いたり、すっかり冬の装いで、どこか気ぜわしい足取りで歩いていて、それだけで師走なんだと気付かされる。あと数週間で今年が終わる。多事多端だったこの一年の自分の日毎夜毎を振り返る。

去年の今頃は、両親が逝ってしまうこともハナが難病に冒されることも露ほども想像していなかった。美雨に付き合ってもらって、雅博おじさんと明日子さんの結婚式に着ていく服を楽しげに選んでいたのがこの時期だった。いろんなことがあった。本当にいろんなことがあった。なんのヴィジョンも持たずに生きてきた私の人生で、こんなに激動の毎日を過ごしたことはない。誰かの物語の中に入り込んで迷子になってしまったような、そんな一年間だった。

すこやか先生は、今日もいつもと同じ表情で私とハナを迎えてくれた。感情をあまり顔に出さない名獣医師。ルックスもスタイルもいいのに、そのことに本人は気付いていない気がする。寝癖のついた髪、流行遅れのサンダル、それだけはいつも真っ白で綺麗な白衣。看護師たちやペットの飼い主に対しては、いつも丁寧ながらはっきりした物言いで、とても明晰《めいせき》な印象を受けるが、白衣を脱いだときには案外、朴訥でもの静か、そんな気がした。

いつもの診察台にハナを乗せる。微動たりともしないハナの体重はとうとう二キログラムを切って一・七キログラムになっている。ハナの身体は、もう骨しか残っていないように痩せ細っていた。

「すみません、もう長くないかもしれません」

触診していたすこやか先生が、聴診器を外しながら静かに言う。ずっと親身にハナの闘病の手助けをしてくれ、それだけではなく、私のことも鼓舞してくれていた先生。この人は決して曖昧な慰めの言葉や無定見なアドバイスを言うような人ではない。初めて来院したときから、ごまかすことなく実状だけを正直に伝えてくれていた。だから「長くない」というその言葉を受け入れるしかなかった。その言葉に耳を塞ぐわけにはいかなかった。

「そうですか、でもまだ生きています。だからまだまだ精一杯介護し続けます」

先生を正視してそう答えた。すこやか先生は何も言わずにギュッと私の手を握った。大きくてカサカサの手だった。

それから数日の間に、ハナはほとんど歩かなくなっていた。ゴハンも水も自力で口に入れることができなかったので、療養食も水も注射器で与える。それさえもほとんど吐きもどしてしまう。それが命の綱とばかりに薬だけは与え続けた。腫瘍はもう腫瘍と呼べないくらいに大きく肥大して、鼻の穴までもをぴっちりと塞いでしまっている。最初はほんの小さな禿げだったのに、瞬く間にハナの口の中を、鼻の穴を、目を侵食して膿んでいるその腫瘍が忌々しくて仕方なかった。

息をするのもやっとなのだろう、ヒーヒーと蚊の鳴くような呼吸音が痛ましい。私は、自分が眠っているのか起きているのかわからないくらい一日中ハナを見続けていた。身体をそっと撫でると、ごくたまに「ゴロゴロ」と小さな音で喉を鳴らす。昔からハナのゴロゴロを聞いているときが一番幸せな時間だった。動物が人間に幸せを感じさせるホルモン、オキシトシンが分泌されているのを確かに感じていた。こんな状態になってもまだ私を幸せにしてくれるハナが不憫だった。

雅博おじさんと明日子さんは年末年始を海外で過ごすのが常だ。今年はオーストラリアへ行く予定を立てていた。

「直実とハナを残して行きたくない」

と二人で口を揃えて言うので、

「逆に気を遣うから、行ってよ。お土産楽しみにしてるから」

気楽な感じで促した。

「久しぶりに日本でゆっくり正月を過ごすのもいいかなと思って」

明らかに本音とは違うことを言い、私を残して海外に行くことを渋る雅博おじさん。

「ねえ、ホントに大丈夫だから。雅博おじさんが長い休みをとれるのなんてお盆とお正月だけじゃない。行っておいでって。ひとりで過ごすことを私がこれっぽっちも淋しいなんて思わないこと知ってるでしょ？　幸い、ハナの症状も安定してるし」

最後は嘘をついた。そして明日子さんにだけは、

「ハナね、長くないって。すこやか先生にこの間言われたの。明日子さん、私、十三年間ハナと毎日ずっと一緒だったからわかるの。本当にハナはもう長くないと思う。これだけ悲惨な介護をずっと続けてきたからさすがに死に対しての覚悟ができてる。だから、残された時間をハナと二人きりで過ごしたい。最期はきちんとまっすぐ見送りたいの。うろたえないし取り乱さない。だから安心して行ってきて」

正直にそう告げた。同じことを雅博おじさんに言ったら、私に同情してますますオーストラリア行きを返上しようとするだろう。

「わかった」

いつも饒舌な彼女とは思えない端的な言葉で、明日子さんは答えた。明日子さんが上手く説得してくれたのだろう、雅博おじさんも、例年通り年末年始を海外で過ごすことに同意した。出発は一週間後。

クリスマスが間近に迫ったある日の夕方、時戸からの電話が鳴った。もう二度と連絡してこないのではないかと懸念していたので、ディスプレイに彼の名前が表示され

たときには動転した。虚をつかれたあまり最初は通話ボタンを押すことができなかったが、ややあって、すぐにまたかかってきた。

「もしもし」

上ずらないように、声に抑揚をつけずに電話に出る。

「今日寒いねえ。直実ちゃんさあ、クリームシチュウ作れる？」

すごく久しぶりなのにもかかわらず突拍子もないことを聞いてくる時戸。「断れ！作れないって言え！」、もう一人の私がそうたしなめるが、聞く耳を持たない私。この期に及んでそれでもまだ胸が高鳴っている。料理をする習慣はすっかりなくなっていたから材料はなかったが、明日子さんが先週作ってくれたチキンとキノコのクリームシチュウが冷凍室の中にたっぷりある。

「ついこの間作ったシチュウを冷凍してあるよ」

媚を含んだ声でついそんなことを言ってしまう。

「えっ、冷凍？」

「温めたらできたてと変わらない味だよ」

いなすようにアピールする。

「冷凍か、まあいいや、それ食べさせてよ」

何様なのだろうと思いながらも、彼に会えるチャンスを逃さなかったことに安堵する。

「あっ、あのさあ、直実ちゃんの飼ってるアレ……。他の部屋に入れておいてよ。なんていうか、俺、ちょっと怖いっていうか……」

さすがに「気持ち悪い」とは言えないのだろう。遠回しにそんな言い方をする。

「うん。大丈夫だよ、寝てるから」

雅博おじさんがハナの誕生日に買ってくれた桜色のペットベッドにハナを寝かせて、ベッドごとバスルームに運ぶ。オール電化のマンションは、バスルームさえも快適な温度を保てる設備が整っている。ハナはきっと時戸が来たら脅える。それだったらこの場所に隠してあげた方がいい。そんなふうに自分で自分に弁明しながら、

「ちょっとここに居てね。あったかいからね。大丈夫だからね」

そんなごまかしをハナにも言った。ハナは返事もしなかったし身動きすらしなかったが、私はキッチンへと急ぎ、シチュウを解凍してスライスしたバゲットをガーリックバターで焼いた。

最愛の存在だと豪語しながら、難病にかかっている飼い猫をバスルームに閉じ込めて、男が来るのをいそいそと待つ私。唾棄すべき卑劣な飼い主だ。

いつもはファッション雑誌に載っているような最先端の洋服を着ている時戸が、今日はスエットの上下でやってきた。気を抜いているだけなのだろうが、それさえも目新しくて、ファスナーからちらりと覗いた彼の鎖骨を見て私の胸は淫靡にうずいてしまう。

解凍したシチュウとパンを出すと、時戸は、

「冬になるとクリームシチュウが無性に食いたくなるんだよね」

と言い、それを食べながら「うまい」を繰り返す。明日子さんは、ジャガイモ抜きのシチュウを作り置いてくれていた。ジャガイモは冷凍すると食感が変わってしまうことを彼女は学んでいたのだろう。私のためを思って作ってくれた料理を、他人に食べさせている。また一つ罪悪感が募る。

「おかわりある？」

口角をあげて時戸がこちらを見たので、私はキッチンに行き、残っていたシチュウを皿に盛った。ほとんど会話はなかったが、二杯目を差し出したときに、

「俺さあ、来年引っ越そうと思ってるんだよね。高層に飽きちゃった、つーか、なんか住みづらくて」

苦笑いでそう言われた。時戸はパンには目もくれず、ひたすらシチュウを口に運ぶ。時間にして十分くらいだろうか。シチュウを平らげると、「ごちそうさま」と言って立ち上がった。そして、その先を期待する私の意に反して、そのまま「ありがとね。またね」と、すんなり部屋を出て行ってしまった。まるで初めて私の部屋に来てオムライスを食べたときのように。私を抱くことなく。

予期していなかった時戸の振る舞いに茫然としながらも、すぐにバスルームへと向かった。ハナはハートの形のベッドの中で丸まっていて、「ハナ？」と呼ぶ私の方を見ようとしない。心配になって抱きあげると、「ミィ」と虫の羽音のような声で鳴いた。

ハナを抱きしめながらも、時戸が引っ越してしまったら私たちの関係はどうなってしまうのだろう……と、そのことだけを追いつめられたような気分でずっと憂慮していた。彼がこのマンションから居なくなることが私の恋にとって結果的に一番の安楽になると、今はまだ思えなかった。

クリスマスイブに雅博おじさんと明日子さんはオーストラリアへと旅立った。いつものように明るい感じではなく、神妙な顔をしながら「行ってくるね」と言った二人。

「はい、これ。クリスマスだから一応ね」

雅博おじさんは小さなクリスマスケーキとガラスでできたクリスマスツリーをくれた。

「直実、大丈夫だよね？　ホントに大丈夫だよね？」

明日子さんは、私の肩に手を置いて確認する。

「大丈夫、大丈夫。心配しないでよ、子供じゃないんだから。行ってらっしゃい。気をつけてね」

私は笑顔で二人を送りだした。

空が極度に冷え込むと、冬の太陽はその形を丸以外のものに変える。蜃気楼の一種なのだそうだが、今日の太陽はまさしくそんな感じで、ユラユラしながら微妙に四角っぽくなったり三角に見えたりする。ガラスのクリスマスツリーが淡い光を反射しながらやんわりと光ってとても綺麗だ。太陽じゃないみたいな太陽はやがてビルの向こうに沈んでいった。

ハナはずっと寝ている。外が暗くなった。窓の外、澄んだ空気の下の夜景がユラユラと鮮明に発光して、巨大なクリスマスツリーが広がっているよう。私は、点けたばかりの部屋の照明をすぐにまた消して、窓辺で斜めに傾きながらクリスマスの夜を眺めた。

しばらくして、ロマンティックをあざ笑うように、私のお腹がグーッと鳴った。こんなときでもお腹が空くんだなあと苦笑しながら、大好きなサンタクロースがくれた小さなケーキをひとりきりで食べた。

十二月三十日。あと二日で新しい年が幕を開ける。

この日、ハナは立ち上がることができなくなっていた。注射器を口に持っていっても、口を閉ざしたまま。腫瘍が大きくなりすぎて、口を開こうとしても開けない。ずっと横になったまま、ときどき前足を少しだけ動かして、空《くう》を掻くような仕草を見せる。遊泳運動という認知症の症状。それ以外は、動かない、食べない、飲めない。腫瘍を引っ掻く体力さえ残っていないので、エリザベスカラーは外したままにしてある。体重はとうとう一・四キログラムにまで減っている。夜には呼吸する音すら聞こえなくなり、私は何度も何度もハナのお腹に耳を当て、微かに聞こえる心音を確かめた。ついこの間まで自由に動き回って、私の背より高い場所に飛び乗っていたのに。私がベッドの中に入ると、いつでもすぐに私の隣に来て眠っていたのに。神頼みのよ

うな心持ちですこやか先生に電話して今夜の症状を伝えると、

「明日点滴をしましょう。大晦日ですが夕方までやっていますので、ハナちゃんを連れてきてください。身体の負担になりますし、ペットキャリーではなく、タオルに包《くる》んで暖かくしてハナちゃんを抱いてきてください。直実さん、脱水症状にだけは気をつけてくださいね。少しずつでいいです。舐めさせるだけでもいいので、ハナちゃんに水を飲ませ続けてください。明日お待ちしています」

丁寧にそうアドバイスしてくれた。

動けなくなったハナはずっと眠り続けていたので、介護のしようがなかった。何日も睡眠をほとんどとっていなかった私は、明朝『すこやか動物病院』に行くまで眠ろうと試みたが、押し寄せる不安が脅威に変わり、どうしても寝付けない。

「今年がもうすぐ終わります」

テレビがやたらと煽るので、眠っているハナのそばでただひたすらに大掃除をした。身体が疲れたらきっと眠れる、そう思いながら、何も考えずに、窓を磨き、ところどころにハナの血がこびり付いている部屋の中を拭きまくる。数分おきにハナの心音を確かめ、やみくもに掃除をする。拭いても拭いても床に血が付いていると思ったら、それは荒れ果てた私の手の甲から流れ出ている血だった。

ハナの心臓の音がどんどんか細くなっている。脂肪の一切残っていない骨ばった身体をさすっても、微動たりともしない。すこやか先生の最後の言葉を思い出し、床暖房の上で眠り続けているハナが脱水症状をおこしてはいけないと、少量の水を注射器に入れ、腫瘍と腫瘍の僅かな隙間から飲ませる。微かに口が動いた。

「喉が渇いてるんだね？　ハナ、もっと飲んでね。明日点滴してもらうからね」

注射器を押して、ハナに更に水を飲ませると、カッと目を見開いて、いきなりそれを吐きだした。こんなに苦しそうに歪むハナの表情を見たことがない。私は心臓を鷲摑みにされたようだった。ハナはまたすぐに目を閉じて眠った。その身体に耳を寄せると、心臓の音がさっきより少しだけ強く聞こえる。そうでなければ私はおかしくなっていただろう。

空がどんどん白んでいく。今年最後の新しい一日がゆっくりと始まる。寄る辺のない心細さで、儚い朝の光もその下に広がる街並みも、無慈悲に私を突き放しているみたいに感じた。

十二月三十一日、朝六時半。

ゆっくりと少しだけ左目を開けて、視力はとうに失っているその目で一瞬だけこちらを見て、ハナは静かに私に別れを告げた。

横になってそのまま眠るように死んだ。

猫は、死に際に姿を消したり悲痛な鳴き声をあげてから死ぬと言われているのに、ハナは穏やかに安らかに、私が見守る場所で逝った。

本当に、さりげなく逝った。

6

泣けばよかったのだ。泣いて、泣いて、泣いて、喉が壊れてしまうくらいの慟哭で、ハナが告げた「さよなら」を噛みしめればよかったのだ。

それなのに私は、ハナの最期にあまりにも震撼し、それを認めたくないがゆえに虚脱状態になってしまった。涙を流すこともできず、茫然自失のまま、自分の哀しみの着地点をどうやっても見つけられなかった。

言葉で言い表せないくらい、ハナにとっても自分にとっても過酷な闘病生活が続いていたから、心の準備も覚悟もさせられていたはずなのに、いざハナが逝ってしまったら、その「死」が理解できなかった。

心にも身体にもとてつもない疲労感がある。何も考えたくない。何をする気すら起こらない。私は私として全く機能していない。今はただ眠りたかった。

すでに死後硬直が始まっていたハナは微動たりともしない。静かにハナを持ち上げたとき、その身体の軽さに今さらながら驚く。枕の隣にハナを横たえて、そのままハナの亡骸を抱きしめながら眠りに落ちた。

目を閉じる直前に一瞬だけ見えた朝空は、神聖な薄青色で、ハナと一緒に空に舞い上がって行くような、そんな感じがした。


夢を見た。

高校の制服を着た私が、新潟の実家の玄関を開ける。私が「ただいま」を言う前に、すでに玄関マットの上で待っていたハナが「ニャア」と私を出迎えてくれる。毎日のことなのに、自然と笑みがこぼれる私。

「あらあら、本当にハナは耳が聡《さと》いわねえ。直ちゃんが帰ってくるのがすぐわかるのねえ。さっきまで私と一緒にソファーでテレビを観ていたのに」

リビングルームのドアから顔を出して母が言う。着替えのために、二階にある自室へ向かう私のあとを追い、ハナも階段を駆け上がってくる。

「ハナって犬みたい。いっつも直ちゃんについてまわって」

あきれたように言う母のその言葉を背に、私は部屋に入り、ハナを抱き上げ、思いっきりハナのお腹に顔をうずめてキスをする。ゴロゴロ、ゴロゴロと喉を鳴らすハナ。

「直ちゃん、ちょっと手伝って」

台所から母が私を呼ぶ声がする。いつもの夕方。

「はーい！」

そう答えて、ハナをベッドの上に乗せようとしたその瞬間、ベッドに大きな穴が開き、その空洞の中へと真っ逆さまに落ちていくハナ。愛くるしいハナの顔が突然歪み、顔に怪異な腫瘍が広がっていく。

「ハナ!! ハナ!!」

自分のあげた悲鳴で、浅い眠りから目覚めた。

『ル・ソレイユSHIBUYA』の三十九階。外はまだ明るい。隣には目を閉じたまま動かないハナ。懐かしい光景の夢、そして、夢であってほしかった現実。いろんな感情がドッと込み上げてきそうになるのを自己抑制した。今は何も考えたくない、考えられない。

ただ、ハナのことだけはちゃんとしよう。うろたえた感情を押し殺して、ハナが真っ直ぐに天国に行けるようにしよう。そう思いながら私はすこやか先生に電話をかけた。

「明け方にハナが死にました。苦しむことなくそっと逝きました」

抑揚なくそう言った。

「そうですか……。お役に立てず申し訳ありませんでした」

「とんでもありません。本当にお世話になりました」

心からの感謝の意が自然と口を衝いて出た。不屈の精神でハナの闘病に手を貸してくれたのに、言いよどむことなく「お役に立てず申し訳ありませんでした」と謝るすこやか先生。他の獣医師ではなく、この先生にハナを最後まで診てもらえて良かった。ハナを託したのがこの人で本当に良かった。

「ご冥福をお祈りいたします」

私より辛そうな声を出して、すこやか先生が電話を切ったとき、再びウッと込み上げてくるものがあったが、今はまだ何も思い出さないようにしよう、そう自分に言い聞かせて歯をくいしばった。

私は、ハナが死んだという事実によってできた心の傷口に、ぴったりとガムテープを貼ってしまったのだと思う。きちんと絶望したあとに、ちゃんとした手当てをして、傷が癒えていくのを待てばよかったのに、ガーゼか何か優しいもので傷口を覆えばよかったのに、その傷口が呼吸をできないくらいにガムテープで無理やり完全に塞いでしまった。

だから、あとから手の施しようがなくなるくらい心が膿んで崩壊してしまうことに気付かなかった。


このままずっとハナの身体を近くに置いていたい。そんな風に思っていたが、いくら真冬だとはいえ、いずれハナの遺体は腐敗してしまう。

冗談ではなく、ハナを冷凍室の中で保存して、一生自分のそばに置いておくという考えが脳裏を一瞬かすめる。しかし、それではあまりにもハナが可哀想だ。報われない。ちゃんと、天国へと送ってあげなければならない。

私はインターネットで『ペット　葬儀』と検索した。

ペット産業が盛んな昨今、数えきれないくらいたくさんのペット専門の葬儀会社がある。お涙頂戴的で偽善的な宣伝文句を並べたてる葬儀社もあったし、ペットを失って弱っている飼い主の心につけ込んでいるとしか思えない高額な葬儀代を提示する怪しい葬儀社もあった。

時期が時期だけに「年内の営業は終了いたしました。年始の営業は一月七日からとなります」と書いてあるところがほとんどだった。

その中で「風習やしきたりにこだわらずに、飼主様のご要望にできるだけ応えられる葬儀を執り行わせていただきます。まずはお電話で御相談ください」と書かれている葬儀会社があり、そこのホームページを見てみると「二十四時間・年中無休でセレモニーを行っています。深夜・早朝・祝祭日などの追加料金はいただいておりません」となっている。

私はその葬儀会社に電話をかけた。

電話に応対してくれた人は物腰のやわらかい女の人だった。

「静かなところで、ひとりっきりで、愛猫を見送りたいのですが」

私の要望に、

「そちらのご自宅までうかがって、最新のペット火葬車にて静かな場所でお別れをしていただく個別火葬があります」

と提案してくれる。ペット斎場や霊園に行かなくても、自分の好きな場所を選んで、そこに火葬車を停めてセレモニーを行ってくれるプランが私とハナに合っていると思った。葬儀の値段も良心的なものだった。いろいろなことを相談しながら事務的に葬儀の段取りを決めた。

「この時期は腐敗が遅いですが、亡くなってから三日後くらいには火葬してあげないと、亡くなった猫ちゃんが早く成仏できないのではないでしょうか？」

遠慮がちにそう言われ、三日後の一月三日の夕方にハナを火葬することに決めた。

「ドライアイス、もしくは保冷剤や氷枕の上に猫ちゃんを眠らせていてあげてください」

そう言われていたので、冷凍庫の中から、ありったけの保冷剤を出し、それをハナのブランケットの下に敷き詰めた。その上に、ハナの身体を乗せる。ハナは、いつもみたいにただ寝ているようにしか見えなかった。

フロントからインターフォンが鳴った。

「小早川様、安田健太郎様からお届物です」

安田健太郎……。聞き覚えのある名前は、すこやか先生だった。すこやか先生は、ハナの死を知ってすぐに、白一色でまとめられた小さな弔いの花束を送ってくれた。

私はそれを花瓶に生け、ハナの隣に置いた。ハナによく似合う清楚な花束だった。

保冷剤の冷気でハナの身体はすぐに氷みたいに冷たくなった。私は、冷え切ったその身体に、そして冷たく硬くなった顔の腫瘍に唇を押しあて、背中を撫でながらいつしか再び眠りにおちた。

一月三日。

ハナの命日からこの日までの三日間、自分が何をどうやって過ごしていたのか全く記憶にない。

何かを食べたような食べていないような、飲んだような飲んでいないような、泣いたような泣かなかったような……。迷宮に迷い込んだ気分で、それでもただずっとハナのそばに居た。

おぼえているのは、ハナの身体が腐敗しないように保冷剤を何度も替えながら、ずっとハナに触れていたこと。そして、すごく寒いなあと常に思っていたこと。

気付かぬうちに、新しい年が幕を開けていた。

夕方、ペットの葬儀会社の男の人が私とハナを迎えにきた。

「どちらで火葬なさいますか？」

と聞かれ、

「目黒川の川沿いがいいのですが……」

そう答えた。

目黒川沿いは毎年、見事に桜が咲く。夜桜は綺麗すぎて少し怖くなるほどに咲き乱れる。昔、まだ幼い頃、お花見のシーズンに雅博おじさんに初めて目黒川に連れて行ってもらったときから、そこの桜並木は私の大好きな場所になった。今でも毎年、桜の季節になると雅博おじさんや明日子さんや美雨と桜を見上げに行っている。そして、その並木路は『ル・ソレイユSHIBUYA』の私の部屋からもよく見える場所だった。昨年は、小さな綿菓子が規則正しく並んでいるような光景を窓越しに見下ろして、柔かな気持ちになっていた。

更に、子猫の頃からハナが舌を見せるたびに「ハナの舌の色って桜の花びらみたいな色だなあ。かわいいなあ」と思っていた私は、ハナを火葬してもらう場所として、迷わずそこを選んだ。

「了解しました」

火葬車の助手席に乗り込み、ハナを抱きかかえ、会話もなく目黒川へ向かう。

車窓から、破魔矢や御札を持った初詣帰りの人々がたくさん歩いているのが見えた。

目黒川上流の、火葬車を停めるスペースのあるところに到着し、ハナの葬儀が始まった。桜の季節にはほど遠く、正月の三が日だったので人通りはほとんどない。見送るのは私ひとり。白い花々が敷き詰められた狭い棺の中にハナを横たえる。私なりのエンジェル・ケアとして、雅博おじさんがくれた小さなブランケットでか細いハナの身体を包んで、腫瘍を花で覆った。

葬儀会社の人に、小さなハサミと袋を渡され、

「形見として猫ちゃんの毛を少し切り取ってこの袋の中に入れてください」

そう言われ、一番好きだったところの毛を少し切った。十三年間、何度も何度も撫でていた背中の毛を。抑えようがないほど指が震えた。

「それでは、最後のお別れをしてください」

静かな声で言われ、なす術もなくただ、「ハナ……」とつぶやいた。

火葬車の背面の鉄の扉がガシャンと閉まり、やがて炎の燃え立つ音が聞こえた。

ハナが焼かれている間、ずっと冬の夕暮れを見ていた。何も考えずに放心して、ただ空の色の変化を見つめ、雲の流れを追った。地上から見る空は、三十九階から見る空よりもずっと遠くにあるような気がした。

「無事に終了いたしました。お骨を拾ってあげてください」

葬儀会社の男性の声に我に返り、再び開けられた鉄の扉の向こうを見ると、白くて綺麗な骨が並んでいた。

「骨になっちゃったんですね」

誰にともなく言い、小さな骨壺にゆっくりと骨を入れた。その骨壺を葬儀会社の人が真っ白な布で丁寧に包んでくれた。その人はそれを手渡しながら、

「ご愁傷さまでした」

小さく頭を下げた。

ひとりぼっちの葬儀を終えて部屋に戻った。

部屋のどこにもハナが居ない。どうして居ないんだろう？

混乱している頭を落ち着かせるために美雨にメールをした。美雨は年が明けてすぐに新年の挨拶のメールをくれていたのに、私はそれに返信していなかった。雅博おじさんと明日子さんには、彼らが帰国してからハナのことを報告しようと思った。海外での夫婦水入らずの時間に水をさすことは避けたかった。

『美雨へ

新年のメールを貰っていたのに返事を送らなくてごめんね。

十二月三十一日の朝にハナが死んだよ。そして、今日ひとりで火葬してきたよ。大晦日から数日間、ハナの遺体がベッドの上にあったから、何だかいつもの場所にいつものハナが居たようで、全然実感が湧かなかったんだけど、綺麗な骨になったハナを見たときに、ぼんやりと「死んじゃったのかなあ」って思った。でもホントのホントにはまだわかってないんだと思う。

ただ、こんな空の上みたいな高いところで闘病生活を送って辛かったんだろうな、やっと楽になれたんだろうな、って思った。

たった十三年間だったけど、ハナは私が人生で携わってきた中で一番愛しくて大切な生命でした。多分、ハナがこの世で一番愛してくれたのも私だと思う。何の惑いもなく、ハナが私のところに来てくれて幸せだったたって思えるよ。

ねえ美雨、ハナの死は「辛い」とか「哀しい」とかそんなんじゃなくて、もっと重くて、もっと尊い感じがする。向き合おうと思ってもなかなか向き合えない。認めようと思っても全然認められない。

十三年間一番近くに居た存在が消えたこと、今、刹那的に悲しむのではなく、ずっと噛み締めるように悲しんで、ちゃんと感謝していくようにしなきゃならないんだね、きっと。

もうハナの身体にさわれないのが今はどうにもせつない』

打ちながら少しだけ泣いた。心は泣いていないのに勝手に涙が目に滲んでいる、そんな感じだった。

美雨からすぐに返信が来た。

『大晦日にそんなことがあったなんて知らずに、呑気な新年メールを送ってごめんね。

直実との長い付き合いの中、ハナちゃんはいつもそばに居たよね。

病気になる前も病気になってからも、ハナちゃんはいつもかわいかった。

おとなしくて、やたらと気を遣ってくれて、私が今まで飼ってきたどの猫より、今まで出会ったどんな猫よりハナちゃんは性格が良い子だったよ。

きっと新しい年になるまで直実のことを見守ってくれてたんだよ。ハナちゃん、それまで頑張って生きてたんだよ。

私の想像の範疇を遥かに超えるような喪失感や寂しさだと思うけど、大切な存在を失くしたときの辛さは私も少しはわかってるつもり。

だから、早く元気になってなんて言わない。

直実、頑張ったね。辛かったね。
とにかくゆっくり休みなね』
それを読んで、私はそのまま窓の外を見た。心臓の真ん中にぽっかりと穴が開いてしまったような喪失感に、どうやって自分を保てばいいのかわからず、空を見上げた。その穴は大きく深く広がって、そのまま夜空に同化していった。

次の日の午後、美雨がお線香と小さな線香立て、そして弔花を持って我が家を訪れてくれた。

「ラベンダーの香りとかキンモクセイの香りとか、今はいろんな香りのお線香があるんだよ。私、ハナちゃんに焼香してあげたくて、買ってきちゃった」

微笑んで私にそう言ったものの、ハナの遺骨が入った骨壺の横に線香立てを置き、線香に火を点け、両手を合わせてから美雨は唇を固く結んで、大きな瞳にみるみる涙を溢れさせた。

「直実、ひとりでハナちゃんを見送るなんて……。連絡をくれたら私も一緒に行ったのに」

美雨は、骨壺を見つめながら、声を殺してすすり泣いていた。

何故だろう？　私は泣かなかった。またしても激しく込み上げてくるものがあったが、それを飲み込んで、

「美雨、ありがとね……。なんかね、ひとりで見送るのが私の使命みたいに思っちゃったんだ。ごめん」

美雨の方を見ないままで言い、生前のハナの写真、病魔に蝕まれる前の元気なハナの写真をアルバムから出して、写真立てに入れて骨壺の隣にそっと置いた。それを見た美雨は、今度はむせび泣きながら、

「ごめんね、ごめんね」

と言い続けていた。

美雨が帰ったあと私は美雨からの花束も花瓶に生け、その花とすこやか先生からの花の間に骨壺を置き、手前に写真と線香立てを並べ、テーブルの上ににわか仕立ての祭壇を作った。なんだか全てが新しい置物やインテリアのように感じ、そのスペースを見ていても、ハナの死と結びつけることができなかった。

部屋の中を見渡すと、いたるところにハナの残像がある。トイレ、トイレの砂、ペットシート、キャットフード、食器、小さなベッド、爪とぎ、爪切り、ブラシ……ハ

ナのものがとにかくたくさんある。この部屋にハナの姿がないことが不自然なことに思える。言い様もなく湧きあがる思い。

いやだ、いやだ。何も思い出したくない。心の傷口にガムテープを更に貼りつける。

やけに渇く喉を潤そうと思い、キッチンへ向かうと、今度は、介護に使っていた注射器や薬や清浄綿、紙オムツ、そして数枚のエリザベスカラーが、キッチンカウンターの上に所狭しと並べられているのが目に入る。肌が粟立った。血液が逆流しているようなそら怖ろしさを感じた。嘔吐しそうになるのを堪えながら、ハナが使っていた何から何まで全てをゴミ袋に押し込み、最終的に六つものゴミ袋をやみくもにガーベッジルームへと運んだ。

「ペットロスになる人は、飼っていたペットの品々をいつまでも捨てられずに自分の近くに置いておくパターンが多いのです……」

いつかテレビで観たペットロス症候群のドキュメンタリー番組で、ペットロスカウンセラーが言っていた言葉を思い出した。私はペットロスなんかじゃない。そもそもハナは死んでなんていない。そんな強迫観念に迫られながら、またしても、心の傷に貼ったガムテープをがっちりと、決して剥がれないように重ね貼りした。

ずっと怠け者で苦労知らずだった私は、面倒なことが起こるといつも、無意識のうちに自分の殻に閉じこもってしまう癖があった。その癖はいつの間にか、本当にあったことを「なかったこと」に、実際に見たことを「見なかったこと」にすり替える術となって私の身についた。

また、「さわらぬ神に祟りなし」と、必要以上に誰かや何かと触れあうことを避けて生きていた私は、誰かを真摯に愛したり、何かを必死に育《はぐく》んだりしたことがなかった。そんな私が唯一ひたむきに愛して育んだ存在がハナだった。

ハナに対しては、閉じこもる殻を作る必要がなかったし、ハナから目を逸らしたり、ハナをなおざりにすることだけはせずに、共に暮らしてきた。

言い換えれば、ハナの存在だけが、私をまっとうな人間として成り立たせていてくれた。そして何よりも、私はハナを愛することで自分自身を支えていたのだ。大げさでも何でもなく、ハナは私の生きがいだった。

ハナの葬儀を終えて、生きがいを失った私は、いとも簡単に分厚い殻をこしらえてその中に必死に入りこみ、ハナが病気だったことも、ハナが死んでしまったことも、「なかったこと」にしようとしている。

ハナ、私を許さなくていい。一生許さなくていいから、私の元へ帰ってきて。

まだ世間が本格的に動き出さない一月の初めは、空気が澄みきっていて、星も街明かりも、ちりばめられたラインストーンみたいに煌々と輝いている。

この部屋に住み慣れた頃、真夜中にハナがジッと窓の外を見つめていたことがある。私が何度「ハナ」と呼んでもこっちを振り向かずに、一時間近く窓の外の宙の一点を見つめ続けていた。「あのとき、ハナは何を見ていたんだろう……」、そうつぶやいた瞬間、胸が張り裂けそうになった。

私は思いきりカーテンを閉めて、テレビを点けた。今は景観の変化など見たくもない。窓の外を見つめていたらつい何かに思いふけってしまいそうになる。それならば、くだらない正月番組を観ている方がずっといい。

お笑い番組もクイズ番組もドラマも、まるで出演者全員が知らない国の言葉を話しているみたいで、内容が全く頭に入ってこなかったが、それでも私は呆けたように何時間もテレビを観続けた。

全然知らない芸能人ばかりが出ているなあと、半覚醒的な頭で思いながら、ぼんやりテレビ画面を観ていたら、いきなり知っている顔がパッとテレビに映った。時戸だった。賑やかなトーク番組のMCを務めるお笑い芸人に、「今年最初のビッグゲストです！」と紹介されている。

会いたくなった。どうしても時戸に会いたくなった。まやかしでもいい、誰かに、何かにすがりつきたかった。

たいていのお正月番組がそうであるように、この番組もきっと年が明ける前に収録されたのだろう。もしかしたら、時戸は今、階上の部屋に居るかもしれない。

私は初めて自分の方から時戸に電話をかけてみた。

「おかけになった電話は、電波の届かないところにあるか、電源が入っていないためかかりません……」

留守番電話サービスのアナウンスの途中で電話を切る。約束していたわけではない、自分から勝手に電話をかけただけなのに、期待を打ち砕かれたような気分になった。

この耐えがたい人恋しさは一体何なのだろう。本当に会いたいのが、時戸なのかどうか定かではないのに、私は「時戸に会いたい……」、ひたすらに、わがままにそう思っていた。

携帯電話を握り締めたまま途方に暮れていると、すぐに時戸からのコールバックがあった。

「直実ちゃん？　どうした？　珍しいね、電話かけてくるなんて」

ぼんやりした視界に突然鮮やかな色がつく。死んでいた心が息を吹き返したような気持ちになった。

「あっ、うん。何してるのかなあと思って」

声が上ずってしまう。

「今、友達とゴハン食べてたよ。これからちょっと飲もうかなって思ってた。直実ちゃんは何してんの？」

いつもの、私が知っている時戸の、少し軽薄な話し方に胸が疼く。

「家に居るんだけど……。なんかお酒が飲みたい気分だなあって思ってた」

遠慮とか躊躇とか、そんなものはもうどうでも良かった。お酒など飲みたくなかったが、彼に会いたくて、彼に抱いて欲しくて媚びた声を出す。

「あっ、じゃあさ、もう少ししたら直実ちゃんのとこ行くよ。一緒に飲もうよ」

無闇に嬉しい。高鳴る部分が今までとは明らかに違っていた。今までは、時戸と会えることをとても純粋に喜んだが、今のこの嬉しさはもっと不謹慎な嬉しさだ。けれ

ど私は、久しぶりに感情らしい感情を取り戻し、

「うん。ワインならたくさんあるから」

そう言って、電話を切った。

鏡を見ると、私じゃないみたいな女がそこに映っている。カサカサの肌、くっきりと浮かびあがっている目の下のクマ。生気のない表情。

慌ててバスルームに飛び込み、シャワーを浴び、身支度を整えたあと、テーブルの上に赤ワインと白ワインのボトル、そしてワイングラスを並べて時戸が来るのを待った。


時戸が来たのは、電話を切ったあと一時間くらい経ってからだった。

「あれ、直実ちゃん、なんかあった？　すごく綺麗になったね？」

開口一番、本当にそう思っているような口調で時戸は言った。失いかけていた私への興味を取り戻したような、そんな目で私を見つめた。

心身共にやつれていた私は、みすぼらしい自分の顔を濃いメイクで、ぼろぼろになっていた心を嘘の笑顔で取り繕っていた。

時戸に出会い、私は恋に落ちた。一度もこの『ル・ソレイユ』から出ることのない

関係だったが、私はそれが恋だと一点の曇りもなくそう信じていた。実際、つい最近までの私の時戸への感情は正真正銘の恋心だったと思う。

しかし、時戸は、出会いがしらの単なる好奇心から私を抱き、その好奇心が薄れるにつれて私を抱くことをやめた。ただそれだけのことだった。

最後の来訪時に、クリームシチュウを食べ、そのまま時戸が帰ってしまったときに私はそれに気付かされていた。私に対して、時戸の恋心が芽吹くことは一瞬もなかったのだ。それでもよかった。今は、寄りかかりすがりつく「装置」として存在してくれるだけでよかった。

「赤と白、どっちがいい？」

「まずは白かな。俺が開けるよ」

初めて時戸とワインを飲んだときに、ワインを開ける時戸の長い指を見て心をときめかせたことを思い出した。グラスにワインがトクトクと注がれるのをどきどきしながら見つめていたあの夜。

しかし、今は違う。「もっと早く、もっと早く」と心の中で彼を急《せ》かしている。さっさとアルコールを摂取して、さっさと抱いて欲しかった。

「乾杯」と時戸が言ったあと、私は最初の一杯をすぐに飲み干した。

「すごいじゃん！　今日は飲む気満々だね。どうしたの？」

「なんかすごく飲みたかったんだもん。ひとりで飲んでもつまらないからあなたも飲んでよ」

初めて時戸のことを「あなた」と呼ぶ。会えば会うほどメッキが剝がれていく恋心。「嫌われたくない」という殊勝な気持ちを持たなくなっていた私は、臆せずにそう言った。

「なんか別の人みたいだなあ、直実ちゃん。よし、今夜は飲もう！」

時戸は、今までよりずっと楽しそうにグラスを鳴らした。

すぐに白ワインのボトルが空になる。続いて赤ワインを開け、それもグイグイと飲む。時戸の目が充血してきた。私はまったく酔っていなかったが、少しずつ身体を時戸に近付け、その距離を縮めた。どうでもいい会話が続いていることにしびれを切らし、

「ああ、酔っちゃった」

時戸の肩にもたれかかった。馬鹿で安い女が、酔っぱらって淫靡になったときのような、そんな狡猾《こうかつ》な仕草。時戸は私の肩を抱いた。それでも不充分だった私は、今度は自分の方から時戸にキスをした。気後れすることなく、自分の唇をまっすぐに時戸

の唇に押し当てる。彼がワイングラスをテーブルの上に置いたのをきっかけに、今度は彼の口の中に自分の舌を滑り込ませた。

　私の髪をかきあげる時戸の指先の力で、彼が発情したことがわかった。あとはもう、抱かれているのか抱いているのかわからないままガツガツと時戸の身体を求めた。

　何かを飲んでいるときのように喉仏を上下させながら私の肌を愛撫する時戸。口に出して言わないが、いつもとは違う反応と声で、更なる激しさと猥褻さを求める私。肌と肌を密着させるたびに、このまま時戸の身体の中に入り込んで、私という存在など溶けて消えてしまえばいい……そう願いながら、どんどん時戸にしがみついた。

　心の通わないセックスはいたずらを企てることに似ている。うしろめたい気持ちがありながら、そのスリルを味わいたい。同じ罪を共有している裸の共犯者。今、私が時戸に求めていることは自傷行為に近いのかもしれない。それでいい。それがいい。

　結局、この夜、時戸は私を二回抱いて、二回果てた。真冬なのに、時戸のつるりとした肌からはいつまでたっても汗が引かなかった。

　私は、帰ろうとする時戸にドアのところまで付き添うことなく、ベッドの中から裸のまま彼を見送った。服を着た時戸に「またね」と、自分の方から言った。

時戸は、最後までハナのことに関しては何も触れないままで帰って行った。

雅博おじさんと明日子さんが、休暇を終えてオーストラリアから帰国した。

「おかえり」

お土産をたくさん抱えて私の部屋を訪れた二人に微笑みを浮かべてそう言えた。

「ただいま！　直実、元気だった？」

真っ黒に日に焼けた雅博おじさんが、元気な声で言う。

「ハナは？　ハナの具合はどう？」

こちらも小麦色に焼けている明日子さんが、心配そうに聞いてきた。一瞬、言い澱みそうになったが、

「あのね、ハナね、大晦日の朝に居なくなっちゃったよ。すぐに報せなくてごめんね。ちゃんとお葬式も済ませたよ」

不在の間の天候や気温を聞かれたときのように、さりげなく日常的に答えた。「死んだ」とは言えなかった。「居なくなった」と、婉曲な表現を使った。

二人の笑顔が一瞬にして曇り、ぎこちない沈黙が流れる。

「連絡くれればよかったのに。すぐに帰ってきたのに」

ようやく口を開いた雅博おじさんが先に泣きだした。悲しみが溢れて堪え切れなくなった顔をして、大きな声で。この人の素直さには曇りがない。だから子供の頃から私はこの人が大好きだったのだ。

「直実、辛かったね」

明日子さんは、そう言ってギュッと唇を嚙み締めた。昔から、誰かが激しく泣いたり悲しんだりするのを見ると私は戸惑ってしまい、一緒に泣くことができず、逆に涙を引っ込めてしまうようなところがあった。それを知っていた明日子さんは、涙を堪えて、いたわるように私を見つめた。

二人は、私の部屋に上がり、ハナにお線香をあげてくれた。いつもの賑やかな二人だとは思えない居住まいで、ずっと目を閉じたまま静かに手を合わせてハナの死を悼んでくれている。

雅博おじさんの涙はとめどなく流れていた。情に厚い雅博おじさんは、ハナを、そして私を不憫に思い、いたたまれなくなっているのだろう。実の兄である私の父が亡くなったときよりもずっと激しく泣いている。

明日子さんは終始無表情で、ハナの写真を指で撫でていた。あと数回のまばたきで零れ落ちてしまいそうな涙が目の中にユラユラと溜まっていた。

力なくうなだれながら私の部屋を出ていくときに、雅博おじさんの濡れた瞳は私に「直実、我慢しないでくれ」と訴えていたし、明日子さんの真っ直ぐな瞳は「泣いていいんだよ」と告げていた。けれど、私は泣けなかった。

臆病な私は「素直になる強さ」も「真実を見つめる潔さ」もまだまだ心に宿すことができなかった。

少しずつ認めなくてはいけないハナの不在を、どうやって認めればいいのか、その術を考えること自体が怖かった私は、「いつもとは違うことをしよう」と、とりあえず虚無感が充満した今の生活から抜け出す方法を思案した。

完全なるインドア生活を送り続けてきた私の乏しいアーカイブの中で、「外に出ること」の最たるものは、買い物だった。

この場所に住んでから、交通費とハナの治療費くらいしか大きな出費がなかった私には、ほとんど手付かずの遺産がそのまま残っている。現実味のない多額のお金が、銀行の口座の中に眠っている。思いきり何かで浪費したい……そんな気持ちもあった。

銀行の生体認証のATMで百万円を下ろし、青山へ向かった。

入ったことのないガールズブランドのショップに入り、店内を見渡す。すでに春物が色鮮やかにディスプレイされていた。ピンクや黄緑、ラベンダーカラーに数種類の白。今年のトレンドカラーのオシャレな洋服がお花畑みたいに飾られている。明らかに私より若いショップ店員が、

「何か探してるのぉ？　春物入ったばかりなんだよね」

馴れ馴れしく話しかけてくる。

「あっ、別に。なんとなく入っただけで」

気後れした私は、すぐにその店員に背を向けて店を出た。

「ありがとうございましたぁ」

マニュアル通りなのだろう。その言葉を聞いてシュルシュルと私の士気が下がる。

それでも今度は、すぐ近くにあるハイブランドのショップに入ってみる。落ち着いた色合いで、シンプルなものから凝ったデザインまでたくさんの洋服があった。

「いらっしゃいませ」

静かに私を迎え入れる店員。しかし、その水を打ったような静けさも逆に緊張を招く。ひとりで買い物をすることに慣れていなかった私は、居心地の悪さを感じながらも、店の中へと進んだ。普段から華やかな色のものを着ることには抵抗があったし、

心のどこかで、喪に服していたい気持ちがあったので、洋服も靴もバッグも、黒い色の商品ばかりを見た。シンプルな黒いワンピースを手に取ったとき、

「そちら、今年の春のコレクションのもので、十九万八千円になります」

いつの間にか私の後ろに立っていた店員に声をかけられて驚いた。

普通、商品を手に取っただけでその値段を告げるだろうか。ハイブランドのショップで働く店員の中には、自分がそのブランドの「顔」になっていると勘違いして、客に対して高飛車で高慢な態度を示す者がたまにいる。この店員はまさしくそのタイプだった。「あなたにこの高価な服が買えるのかしら？」と言いたげな、小馬鹿にしたような微笑み。

「このワンピースをください」

突発的にそう言い放った。そして、間髪を入れず、靴が置いてある一角に行き、一足の黒いパンプスを指差し、

「これの二十四センチありますか？」

と挑戦的に聞いた。

このとき、私は数分の間に、黒いワンピースに黒い靴、黒いバッグ、その他にもブラウスやスカーフを買った。トータルの金額は七十八万円。私が購買意欲を見せたと

たんに態度を変え、支払いの際に現金を出したときには媚びるようなまなざしを向けた店員を、さもしいと思った。本当にさもしいのは、そんな行動をとって、そんなことを思う私の方だと、それも十二分に承知していた。

たった一軒の店での買い物だけで疲れてしまった私は、早々に帰宅し、ハイブランドショップの紙袋からさっき買った黒いワンピースを出して着替え、時戸に電話をかけた。またしても留守番電話のアナウンス。私は、新しいワンピースを着たままベッドに入り、時戸からのコールバックを待ちながら夜を漂った。

今夜は、いつまで待っても時戸からの電話は鳴らなかった。


次の日からも、週に何回かは美雨や明日子さんを誘って買い物に明け暮れた。いろんなデパートやセレクトショップに行き、これでもかというくらい洋服や靴を買った。美雨も明日子さんも、外出嫌いな私が積極的に外へ出たがるようになったことを最初はすごく喜んでいた。

「直実と一緒に街を歩くの久しぶりだなあ。大学時代、よく直実と買い物に行ったよね。買い物が済んだらどこかで美味しいものを食べようよ」

美雨は学生に戻ったかのようにはしゃいで買い物に付き合ってくれた。私が決して

塞ぎこまないように、終始明るい表情を保っていてくれた。明日子さんも、

「気分転換は大事だからね。直実、ここぞとばかりにいろいろ買っちゃいなさいよ。新しい服を着ると、気分が一新されるから、新しいものをどんどん買って、心をどんどんリフレッシュさせればいいよ」

自らが運転手となって、東京中のオシャレなショップを一緒に回ってくれた。彼女は、ファッションに精通していたので、私のスタイリストになって、似合いそうなものをあれこれ物色してくれた。

私は、いつも現金を持ち歩き、美雨が薦めてくれた服も、明日子さんが薦めてくれた服も、

「うん、これ買う！」

その色が黒だったら必ず買った。ピンクやブルーはもちろん、それがグレーやブラウンの落ち着いた色であっても、

「この色は私に似合わないから」

と言って、決して黒以外の色のものは買わなかった。

会計の際は、頑なにキャッシュで支払った。財布を開いて現金を出すときに、クレジットカードでは得られない奔放さがあった。紙幣が一枚また一枚と消えていくたび

に、心の澱《おり》が少しずつ消えていけばいいのに……そう思っていた。

何度か一緒に買い物に出かけるようになり、私の浪費を目の当たりにした美雨と明日子さんが、次第に私に違和感を抱き始めたのがわかった。

それが黒であったなら、何を薦められても、値段を確かめずに、その品物をじっくり見ることもせずにポンポン買い、それが他の色だと、どんなものでも買うことを拒んだ私に、

「他の色も試してみればいいのに……」

「なんかさあ、同じようなものばっかり買ってない？」

遠慮がちに言うようになった。そもそも、外に出て買い物をしている私は、全く楽しそうではなかったのだろう。爽快感も表さず、ストレスを発散している様子も見えない私に、二人とも戸惑っている。そして、二人が戸惑いを見せた頃、私はすでに買い物に飽きていた。物欲があるタイプではないのに、いろんな洋服を手当たり次第に買うことに疲れてしまっていた。

私の部屋のリビングルームには、洋服が入ったまま開けられていない紙袋が何十個も置かれたままになっている。

必要なのは、気分転換だったのに、私がやっていたことは浅はかな自己逃避だっ

た。気ままにお金を使うことは、私に何の解放感ももたらしてはくれなかった。

買い物に依存していた日々も、二日に一回は、夜になると時戸に電話をかけていた。電話に出るときもあったが、出ないときも多かった。

彼が電話に出ると、「何してるの？　会いたい」とか、「ねえ、一緒に飲まない？」と、臆せずに時戸を誘った。

仕事だから……と断られると、そのままひとりでお酒を飲んで眠ったし、時戸が部屋に来ると、積極的に彼を求めた。

ハナが居なくなってから、時戸への私の恋心は滑稽なくらい急激に萎えていった。時戸が来ると必ず、どこかに隠れて我慢していたハナ。一度だけその姿を見せたときに時戸に誹謗されたハナ。ハナは自分の死をもって私の頑愚な恋を戒めた。

そして、それに併せて時戸に対してどんどん厚かましくなっている私。彼が私のことをどう思っているか、迷惑がっているかいないか、そんなことは考えもしなかった。ただ、自分の中に凝り固まっているしこりのような虚しさが、時戸に抱かれていると誤魔化せるような気がして、マイナスのエネルギーを放出する場として、時戸の身体を欲していた。

本当に勝手な言い草だが、辛いときに優しい人に会うともっと辛くなってしまう。

雅博おじさんも明日子さんも美雨も、私にとってかけがえのない優しい人たちだ。そして、三人ともハナを可愛がってくれていた。彼らは、私がハナの死から目を逸らし、全く立ち直っていないことに気付いていて、その私にどう接していいか思いあぐねていた。私は私で、それを察知していたから、彼らに会うたびに心苦しくなっていた。気を遣ったり、気を遣わせたり、それ自体がもうしんどかった。何よりも、ハナを可愛がってくれていた人たちと、今、どんな時間を共有すればいいのかわからなかった。

一方で、私が逃避の矛先にしている時戸は、どんなに身もだえるように身体を合わせていても、優しさよりも冷たさを感じさせる男だった。人を思い遣る情愛など一切必要なく、お互いがお互いを性の捌《は》け口にしていた。だから楽だった。

目が合うだけでドキドキしていた頃が嘘のように、私は時戸との捨て鉢なセックスに依存した。私たちの間にもはや会話などなく、ただ性行為だけのために会っていた。

時戸は私の部屋に来るときは絶対に酔っていたし、私は、彼が酔いに任せて私を性の捌け口にすることを自ら望んでいた。

キスの回数が見事に減り、その代わり、セックスの激しさだけがどんどんエスカレートしていった。時戸が私に何を求めようと、私は決して拒むことなく、悦んでそれを受け入れた。時戸の要求が猥雑なら猥雑なほど、従順な奴隷になれた。マゾヒズムという名の性的倒錯。

時戸は色情魔を見るような目で私を蔑視している。行為の最中に目が合うと、先に目を逸らすのはいつだって私の方だったのに、最近では彼の方が先に目を逸らすようになっている。

やがて肉となって売られて行く家畜のような自虐的な気分になりながら、時戸に犯されていることが、今の私にとっては一番のリラクセーションだった。

去年、私たちの逢瀬が始まって以来、私と時戸が抱きあうたびに、目には見えない何か邪悪なものが、私と時戸の身体からボロボロと零れ落ちて、ハナはそれを拾って食べてしまったのではないだろうか？　だからあんなに厄介で醜悪な病魔に冒されたのではないのか？

時戸がベッドからいなくなるたびに、正気に戻りそうになる。心に貼ったままのガムテープが剝がれないように、私は強いお酒を飲んで、自分を欺《あざむ》いた。

不規則な生活は、体内時計をめちゃくちゃにする。目が冴えてほとんど眠れない日と、病人かと思うくらい眠り続ける日があった。目が覚めたときに、朝なのか夕方なのかわからない日もあった。

二月の終わり。今夜は妙に静かだなあと思い、カーテンを開くと、窓の外には信じられないくらいたくさんの真っ白い雪が降っていた。この、シーンと静穏な感じ。新潟に住んでいた頃、冬になるとよく味わっていた。

雪は、音を飲み込み、静粛な空気を創りだす。雪が降るのを、こんなに高い場所にある広い窓から見ていると、スノードームを見ているような錯覚をおこす。ここに住んでから見た景色の中で、今日のこの街の雪景色が一番幻想的だと思った。手をガラスにつけて、大きなスノードームの中を覗き込む。触ろうとしても絶対に触れない、冬の終わりを告げる雪。

私はそっとカーテンを閉めた。この雪が未来永劫降り続いて、次にカーテンを開いたときには、街も、そしてこのビルも埋め尽くしてくれていればいいのに。

7

『ル・ソレイユSHIBUYA』に住み始めて二度目の春が来た。ここに引っ越してきてからちょうど一年が経った。カレンダー、たった十二枚分の日数。

あの雪の日以来、部屋のカーテンはほとんど閉め切っていたので、窓の外の気配はわからなかったが、カーテン越しの採光が冬のそれとは明らかに違う。床暖房を点けていなくても、寒くなくなってきた。

もし今、思いきってカーテンを開けたら、目黒川の桜並木が色を変えているのが見えるのかもしれない。まだ、花は開いていないだろうけれど、去年の春、桜の開花宣言を耳にした頃には、三十九階のこの部屋から目を凝らすと、緑の中にうっすらとピンク色が混ざっているのがわかった。

骨になる前に、最後にハナに触れたあの場所。けれど今日は、カーテンを開いて、そこを見下ろす勇気はどうやっても湧き出てこなかった。

買い物どころか、外出することすら放棄するようになっていた私は、再び何かを読むことで気を紛らせた。

集中力の欠落で小説を読む気にはなれなかったので、子供じみた少女マンガをインターネットで何百冊も注文して、吹き出しの中の稚拙なセリフを読みふけった。幼い頃から書物に慣れ親しんでいた私は、文字を読み進めるのがとても速いのだと思う。一日に二十冊から三十冊くらいのペースで、貪るように読んだ。少女マンガの世界には、今の私の環境や状況と通ずるものがまるでなかったから、無心にそのストーリーに逃げ込んで没頭することができた。

試着もせずに衝動買いしたハイブランドの洋服を部屋着にして、ベッドに寝転がりながらマンガを読んでいると、窓をコーンコーンと鳴らす音がする。三十九階の窓をノックするのは不可能だし、鳥か何かがぶつかって来たのだろうか？　すると今度は、キュッキュッと窓を引っ掻くような不快な音が聞こえる。怪奇現象やオカルト的なものを全く信じていない私は、何のためらいもなく、久しぶりにカーテンを開けた。

窓清掃の業者の人だった。窓の開かないこのビルは、定期的に建物の外側を清掃してくれるサービスがある。屋上から吊るしたゴンドラに乗った清掃員が、二人がかりでハンディーワイパーを使って窓を拭いていた。さっきの不可解な音は、ゴンドラを吊るしているワイヤーが建物に当たる音、そして窓を拭いている音だった。

私がいきなりカーテンを開けたせいで、清掃業者の男性二人はものすごく驚いていた。高所恐怖症の人には絶対にできない危険な仕事。心から申し訳なく思い、窓越しに彼らに頭を下げると、二人とも笑って首を振ってくれた。

すぐにカーテンをまた閉じてしまうのも何だか失礼な気がして、私はカーテンを開けたままにしていた。規則正しいリズムで窓を掃除する息の合った二人。私の部屋の窓を拭き終えると、彼らを乗せたゴンドラはゆっくりと下の階へと下りていった。ワイヤーだけが視界に残る。

そして、新しい春が来てから初めて三十九階からの景色を見た。

この部屋はなんて高いところにあるのだろう。改めてそう思う。快晴の空は、どんな青よりも綺麗な青だったし、眼下には相変わらずジオラマみたいに街が広がっている。遠くには今日も富士山が見える。

ここに引っ越してきた日に、初めてこの景色を見たときのことを思い出した。この時期のこの時間帯。「空の上に浮かんでいるみたいだ」と思ったあのとき。たった一年前だとは思えない。もっと、遥か遠い昔のような気がした。

目黒川の桜並木は、まだ色の変化がわからなかった。

住み始めてすぐの頃のように、いつまでも窓の外を見ていると、一階のフロントからインターフォンが鳴った。

「小早川様、お荷物が届いております。そちらにお通ししてよろしいでしょうか？」

注文していたマンガが届いたのだろう。

「はい、よろしくお願いします」

そう言って、モニターを切ろうとしたとき、

「あの、それから小早川様……」

再び声がする。

「小早川様のお部屋宛の郵便物がポストの中に溜まっていて溢れそうなのですが……」

今年に入ってから、私はポストの中を一度も確認していなかった。何もかもどうでもいいような気分で毎日を過ごしていたせいで、ポストの存在などすっかり失念していた。だから、今日の窓掃除のことも知らなかったのだ。ポストの中にはマンション

の管理会社からの「窓掃除のお知らせ」の紙も入っているはずだ。

「すみません。あとで取りに下ります」

コンシェルジュにそう謝った。

コンドームを混入されて、あんなに過敏になっていたポストのことを忘れているなんて……。それに、コンシェルジュの水田の存在もすっかり思い出さなくなっていた。

買い物に明け暮れていた頃、私は何度もフロントを通り抜けて街へ出た。帰宅した際も、地下へは行かず、一階からそのまま部屋に上がっていた。けれど一度も水田の存在に気付かなかった。何故だろう。

ピンポーンと、宅配便の配達の人がインターフォンを鳴らした。

「かなり重いですよ。大丈夫ですか？」

と言いながら配達員が差し出した伝票にサインをする。やはりインターネットで注文した数十冊のマンガだった。そのマンガを箱の中から出し、テーブルの上に置き、空箱と、部屋の中に溜まっていたゴミ袋を持ち、ガーベッジルームに捨てに行った。

その足で私はフロントへと下りた。

見慣れない女の人がひとりでフロントデスクに座っていた。おそらく初めて見ると思われるその人に、

「三十九階の小早川です。申し訳ありませんでした」

と謝りながらポストへ向かった。

本当だ、郵便物が溢れている。暗証番号を押して、ポストを開け、中を空にした。郵便物を抱え部屋に戻ろうとする私にコンシェルジュの女が立ち上がって、「小早川様」と声をかけてきた。「はい」と小さな声で応じる私に、

「わたくし、この四月からこちらで勤務させていただいている近藤《こんどう》と申します。よろしくお願いいたします」

感じのいい穏やかな物言いで挨拶してくれた。

もしかしたら……。思いきって聞いてみる。

「あの、水田さんっていうコンシェルジュの方は……」

「以前、こちらで働いていた者ですよね。昨年いっぱいで、結婚退職させていただきましたが。何かありましたでしょうか？」

「あっ、いいえ、何でもないんです。最近お姿をお見かけしないと思いまして」

「そうですか。失礼いたしました。日勤も夜勤も、他のコンシェルジュは以前と変わ

っていませんので、今後ともよろしくお願いいたします」

三十代前半くらいだろうか、近藤さんは落ち着いた笑顔でそう言って丁寧に頭を下げ、私が、

「こちらこそ、よろしくお願いいたします」

エレベーターに戻るのを見届けると、再びフロントデスクに座った。


不思議な気持ちだった。安堵感や解放感とは違う、鼻で笑ってしまうような拍子抜けした気持ち。水田が辞めた。しかも結婚退職。

証拠があるわけではないが、使用済みのコンドームを私のポストの中に混入させたのは、間違いなく水田だろう。彼女の一番汚い部分が露呈されたような浅はかな行動。それを発見したときの驚愕と忌々しい怒りは、今でも忘れられない。決して許すことはできない。ただ、「彼女も同じだ」と、私は思った。恋だの愛だの、甘酸っぱい想いとは全く関係ないところで、彼女は時戸に抱かれていたのだろう。彼女の方には、胸が軋むような何かがあったのかもしれない。しかし、時戸はきっとそれを遮断して、無情に彼女を抱いていた。私と同じだ。

他の男との結婚という選択をした彼女を、それはそれで賢いと思った。少なくと

も、そこに何の感情もなく、ただ時戸に凌辱されることだけを渇望し続けている私よりは、ずっと賢いと。

外出も買い物もパタリとやめ、魂が抜かれたように退廃的な生活を続ける私を誰よりも心配していたのは明日子さんだった。彼女は、

「ねえ、ちょっとこれ味見してくれない？」

しょっちゅう私の部屋に顔を出して、そのたびに何か食べるものを運んできてくれた。私は、食事を作るのも食べるのも億劫になっていて、気が向いたときに栄養調整食品やサプリメントは摂るものの、食事らしい食事をせず、夜の飲酒だけ続けていたので、心だけではなく身体も不健康になっていた。

そんな私を見て、明日子さんは、言いたいことはたくさんあるはずなのに、ちょっと立ち寄った的な振る舞いで、バランスの取れた栄養価の高い食べ物を保存容器に容れて持ってきてくれた。雅博おじさんの好物はハンバーグやカレーや揚げものなど、とても子供っぽい嗜好だったので、身体によさそうな野菜や食材を使っている明日子さんの差し入れは、明らかに私の健康状態を気にかけて用意してくれたものだった。

「直実……。ちゃんと食べるんだよ。あんたすごく痩せたよ」

ためらいがちに言いながら、テーブルの上に保存容器を置く明日子さん。

「うん。ごめん。あとでいただく」

頻繁に差し入れてくれる食事を、わたしはいつもほとんど食べていなかった。数日間そのまま放置して、食べ物の色が変わって異臭がすると、申し訳ないと思いながらもそれをそのままキッチンディスポーザーへと捨てていた。

「ホントにちゃんと食べてね。このままだと病気になっちゃうよ。みんな直実のこと心配してるんだから」

この人は正しい。明日子さんはどんなに辛いことがあっても、何かにしがみついたり、何かに逃避したり、自暴自棄になったりしない人だ。ちゃんと足を踏ん張って、両手を広げながら生きている。彼女が培ってきた包容力は、今まで私が出会ったどんな女の人も持っていない清らかで強靱な包容力だ。

だからこそ、彼女に出会って関係が深まるにつれ、私は、両親のことやハナのことや時戸のこと、何よりもそれに苦悩していた自分のことを、明日子さんに素直に吐露してしまいたい衝動に駆られたことが何度もある。理不尽にもっと甘えたくなった瞬間も何度もある。けれど、物心ついたときから人間関係や人とのコミュニケーションを学ぶことを怠ってきた私には、その第一歩をどう踏み出していいのかがわからなかった。

ハナが居なくなったあとも、私の辛さや弱さをとても敏感に感じ取って、さりげなく手を差し伸べてくれている明日子さん。それはわかっているのに、彼女から差し伸べられた手を摑めない私。

「本当に大丈夫だから。ちゃんといただくよ。私、こう見えて案外図太いんだから。明日子さん、あんまり心配しなくて大丈夫だよ」

ますます彼女に心配をかけてしまうのに、裏腹な強がりを言う。

「直実。ひとりっきりで強くなれる人なんていないんだからね。誰かに愛されたり、誰かに傷付けられたりしてみんな強くなるんだから」

心の内を読み透かされたような言葉。それでも私は、

「わかってる、わかってるよ。死んだりしないから安心して」

口を尖らせ、投げやりにそう答えた。とんだお門違いの八つ当たりだった。

とても悲しそうな顔をして、「じゃあね。また来るね」と帰って行く明日子さんを見ていたら、自己嫌悪が爆発して、「もう！　こんな私なんか死んでしまえばいいんだ」と、腐りきった自分を憎悪した。

年間、この国では、二万人以上の人が自殺行為に及んでいるという。数十分にひとりが自らの命を絶っている。

自死することを「勇気」だとは決して言わないが、それでも自らの死を決心するに至るまでには、相当の覚悟と葛藤、他人には決して計り知れない苦悩があるのだろう。自分で自分の人生に区切りをつけるなんて、意気地なしの私には到底無理なことだ。死ぬのは怖いから、消えてなくなってしまいたい……。

私の愚かな自己逃避はいつまでどこまで続くのだろう。


いたずらに毎日が過ぎていく。

いつもよりずっとやり切れない夜。時戸から電話が鳴った。最近はいつも私の方から電話をかけていたのに、どういう風の吹き回しだろう。

「もしもし」

「あっ、あのさあ、今何してる？」

「部屋に居るけど……」

以前のように気の張った声を出さなくなっている私。今さら純真無垢を装っても仕方ない。私はこの男に、色情狂だとしか思われていない。

「ちょっとさ、俺の部屋に来ない？　楽しいことしようよ」

初めて時戸の部屋に誘われた。四十二階まで行って、すごすご帰らされたときの記憶が蘇る。楽しいことって何だろう。今の私に、自我を忘れられることはあっても、楽しいことなんてひとつもない。思わず無言になってしまう。

「いいから、いいから。俺さ、来週引っ越すことにしたんだよね。やっとタワーマンションから出ていけるよ。それでさ、今日は最後の宴を催そうと思ってるんだ。絶対に楽しいからさ！　直実ちゃんもおいでよ」

パブロフの犬のように、身体だけが疼き、

「わかった。フロントでカードキーを借りて、四十二階に上がる」

従順にそう答える。

「待ってるよ」

以前の時戸のようにさわやかで屈託のない声で言われた。

一階に下りて、夜勤のコンシェルジュの男性に、

「すみません。四十二階に行きたいのですが」

「四十二階の何号室ですか？」

「あの……時戸さんの部屋に」

コンシェルジュは「えっ?」という顔をしながら私に一瞥をくれ、時戸の部屋にインターフォンで連絡を入れる。

「こんばんは。あの、ゲストの方が見えてますが……。はい、はい、かしこまりました」

そして、「どうぞ」と私に四十二階のカードキーを手渡した。彼は、軽蔑を含んだ好奇の目で私を見つめている。三十九階に住む若い女が、四十二階に住む若い男を深夜に訪ねる。その目的はひとつしかない。そう思っているのがありありとわかった。私はすでに性的な何かを放散させていたのかもしれない。気まずさから思わず顔をそむけ、

「ありがとうございます。おやすみなさい」

と言い、四十二階へと上がった。

長い長い廊下を歩いて、四十二階の一番奥にある時戸の部屋にたどり着く。未知の場所への不安と僅かな期待にそわそわしながらインターフォンを鳴らした。

「いらっしゃい」

ドアを開けた時戸は上半身裸だった。相変わらず靴が散乱しているエントランスホ

ール。お酒と煙草の臭いが、充満している。
「入って、入って」
出会った頃に、大好きだと思っていた美しい笑顔を久しぶりに見た。
時戸のあとについてリビングルームに入ると、そこには宇宙が広がっていた。
私の部屋の五倍近くの広さがありそうなリビングルームは、壁一面が窓になってい
て、三十九階から見るよりもずっと広範囲に街を見渡すことができる。地球を飛び出
して宇宙に来てしまったと錯覚するような夜景が広がっていた。部屋の明かりを点け
る必要がないくらい、東京の街明かりはこの部屋に光明を届けている。雅博おじさん
の部屋とも比べようもないくらい豪華な造りに、私はしばし言葉を失った。
「あれっ、直実ちゃん、俺の部屋に入るの初めてだっけ？　なんか何度も来てるよう
な気がしてた」
何度も重ねた逢瀬は、いつだって私の部屋でだったではないか。我に返って、時戸
を見つめると、彼は、リビングに置かれている大きな革張りのソファーの方を指さし
て、
「あっ、それで、こちら友達の莉菜《りな》ちゃん」
そう言った。

夜空に舞い上がったような気持ちで夜景にくぎ付けになってしまい、部屋の中の様子をよく見ていなかった私は、ソファーの上にひとりの女が座っていることに全く気がつかなかった。

水田でもない、エレベーターの中で会った髪の長い女でもない、時戸と一緒に写真誌に載っていた女優でもないその女は、

「こんばんわぁ。莉菜でーす。二十歳でーす」

上目づかいで、楽しそうに私に自己紹介してきた。胸の大きく開いたカットソーを着て、太ももが露わになったミニスカートを穿いている。

テーブルの上には、空になったビールやワインやシャンパンのボトル、いくつかのグラス、煙草の吸殻が山盛りの灰皿が置いてある。

「直実ちゃんも飲もうよ」

ワイングラスを私に手渡し、赤ワインをたっぷりと注ぐ時戸。

「直実ちゃんも飲みよう、飲みよう」

明らかに泥酔していて、舌が回っていない莉菜という女。初対面にもかかわらず親密な表情を私に見せながら、煙草をふかしている。

どうしたらいいのだろう。私は何も言えないまま、とりあえずソファーの、莉菜から離れた場所に腰をおろし、ワイングラスに口をつけた。話すこともないし、二人が話していることも聞き流していたので、時間を埋めるためにどんどん飲んだ。

「うわあ、直実ちゃん、お酒つよ〜い」

ワインを飲んでも、顔色を変えない私を見て、莉菜は手を叩いて喜んでいる。莉菜、時戸、私、と並んで、その距離がだんだん縮まってくる。

「お前も飲めよ」

時戸は莉菜の口元にグラスを押し付け、自分もワインを浴びるように飲む。莉菜は、

「莉菜、もう無理だって〜」

時戸の裸の胸に倒れ込んだ。まんざらでもない顔で莉菜の肩を抱く時戸。莉菜の胸元からは大きな乳房がこぼれ出てしまっている。片手で器用にワインを注ぎ足し、それを飲みながら、時戸の右手は莉菜の乳房を揉みしだく。ふしだらで妖しい空気が流れる。相変わらず言葉を発さない私にしびれを切らした時戸は、

「ほら、直実ちゃんも飲んで！」

自分のワインを思いきり口に含むと、それを私の口の中に流し込んできた。そのま

ま、舌を絡め、左手で私のことも引き寄せる。

なんて下品な構図なのだろう。時戸を挟んで、両側に座る女二人。一人は胸を揉まれながら彼にしなだれかかり、もう一人は、ワインと時戸の舌を同時に味わっている。麻痺した五感。かろうじて残っていた理性が蒸発していくようなうしろめたい夜。

「最高に楽しいね。ちょっと待ってて、二人とも」

私と莉菜に回していた腕をそっと解いて、時戸は別の部屋に行った。会話もなく取り残される私と莉菜。

夜の一番深い時間。私は自分がドミノ倒しの牌《パイ》のひとつになって、夜の街に倒れ墜ちていくような気分になった。無性に淋しかった。淋しくて淋しくて、時戸でも莉菜でもない、他の誰かに無性に会いたくなった。

すぐに戻ってきた時戸は、

「ねえ、二人ともこれ飲んでみない?」

悪戯っ子のような表情を浮かべ、小さなオレンジ色の錠剤を私と莉菜に手渡した。

「飲む! 飲む! これ飲むとすごく気持ちよくなるんだもん」

さっきまで寝入っていたと思っていた莉菜が元気よく起きあがり、その錠剤をワインで口に含んだ。

「これ、何？」

怪訝に思い、時戸に聞くと、

「気持ちよくなるクスリだよ。友達に貰ったんだ。あっ、これ合法だから。何も心配しなくていいよ」

あのとっておきの笑顔を見せて、その錠剤を私の手のひらから取り返し、それを私の口元に運んだ。

反射的に、思いきり力強く時戸の手を払いのけ、彼を突き飛ばした。そして私は「ぎゃあぁぁぁ……‼」と限界まで声を振り絞り、悲鳴をあげた。コロコロと部屋の片隅に転がって行くオレンジの錠剤。

「な、な、なんなんだよ。大丈夫かよ⁉」

床にしりもちをついて目を白黒させながら私を見つめる時戸。莉菜もポカンと私を見ている。

「無理！　こんなの無理！　ふざけないでよ！　馬鹿にしないで！」

私は、こんな風に大声で誰かに何かを叫んだことがあっただろうか。わなわなと身体が震える。

「そっちの方こそふざけんなよ！　散々ヤリたがって、しつこく電話してきてたのはお前の方だろうがよ！」

時戸の仮面が壊れて、露になっていく暴虐の素顔。

「ただのヤリマンのくせにもっともらしいこと言ってんじゃねえよ！　出てけ！　今すぐ出てけよ！」

テレビで観るときの爽やかな顔でもなく、セックスをしているときのせつなそうな顔でもない。怒りで歪んだ形相。唾を飛ばしながら私を罵倒するその表情を見たときに、時戸のことを本気でくだらない男だと思った。私はなんでこんなつまらない男に魅了され、恋をして、その身体に執着していたのだろう。

「ねえ、私の部屋の合鍵を返して！　もう二度と連絡しないし、顔も見せないから、合鍵を返して！」

身体の震えはまだ止まらなかったが、平常心を少しだけ取り戻してそう言った。時戸は早足でリビングルームを横切り、エントランスホールの方へ行き、私の顔をめがけて思いっきり鍵を投げた。面白いくらい見事に私の頬に命中する鍵。私は、床に落ちたそれを拾い、黙ったまま時戸の部屋を出た。

ドアが閉まる瞬間、「あの女、こわ〜い」と言う莉菜の声と、「死ねっ！」と私を罵る時戸の声が同時に聞こえた。

三十九階に戻る。

ほっぺたが痛いなあ……と思ったら、頬から血が流れていた。私はなんて間抜けなんだろう。そう思ったら、何だか自分が滑稽に思えて、クッ、クッ、クッ、と笑いが込み上げてきた。小さな笑い声が、どんどん大きくなり、いつの間にかお腹をよじってヒステリックに笑っていた。そしてそれは、金切り声へと変わり、泣き声になった。

涙が頬の傷に触れ、痛くてヒリヒリしたが、自分を卑下してほんの少しだけ流した涙は、私の気持ちをまるでスッキリさせてはくれなかった。

ただ、心の傷に貼っていたガムテープがほんの僅かに剝がれかけたような、そんな気がした。

私はソファーでそのまま眠ってしまっていた。時計を見ると、すでに正午に近い時間だった。携帯電話を見ると、明日子さんから何回もの着信履歴がある。彼女は、昨夜からずっと私の電話を鳴らしていた。明日子さんに電話をかけようとしたそのとき、ドアを開けて明日子さんが入ってきた。

「直実？　ああ、居たのね。全然電話に出ないからなんかあったのかと思って心配したんだから。もう、ホントに無事で良かった」

明日子さんは、私を見ると、ヘナヘナとリビングに座り込んだ。

「ごめん、昨夜ちょっと出かけてて」

明日子さんに近寄ってそう言うと、

「あれ、あんたどうしたの、その傷」

私の頬を見て明日子さんが聞く。昨夜のことを思い出して、きまりが悪くなってしまった私は、

「何でもない。ちょっと、擦り剥いちゃっただけ。っていうか、私のことは心配しなくても大丈夫だって。子供じゃないんだから。放っておいて！」

反抗的に、語気を荒らげた。

大きな声を出した私に明日子さんは辟易したように「ふーっ」と小さく息を吐いた。また腹立ちまぎれに明日子さんに食ってかかっている私。これ以上、余計な言葉が口をついて出ないように、キッチンへ行って、水を飲んだ。キッチンの入口には、

たくさんの紙袋……私が買い物に依存していたときに買ったものがそのまま入った紙袋が散乱していたし、キッチンカウンターの上には、数日前に明日子さんが私のために持ってきてくれた食事が手付かずのまま置いてある。無言でそれを見つめる明日子さん。私は、ますます気まずくなってしまい、

「もう！　放っておいてって言ってるでしょ？」

癇癪をおこした子供のように、水の入ったグラスをキッチンシンクに投げつけて割ってしまった。その瞬間、明日子さんが私の頰を叩いた。そして、振り絞るような声で、言った。

「放っておいてって……。あんたなあ、いったいどうしたいん？　そんな自分を苛めて若さ無駄にするような生き方して！　二十代って重要やで。どんな大人になるか、二十代の過ごし方で全然変わんねんで！　十代はまだ子供やし、三十代からは完全に大人やろ？　その間の二十代って自分を一番磨かなあかんねんで！　いろんなことをいっぱい吸収して、どんどん心を成長させなあかんのがあんたの年頃やで！」

頰を押さえたまま何も言えない私。いつだって標準語を話していた明日子さんの関西弁を聞くのは初めてだった。

「それやのに、毎日毎日死んでるみたいに暮らしてて、可哀想通り越してイライラす

んねん！　そんな風に自分の殻に閉じこもってると、全く他人に心を開けへんし、大事なもの、なんも見えなくなるねんで！」

「だって、だって……小さい頃からお母さんはお父さんのことばっかりで、私のことなんかどうでもよくて、私、誰かに心を開くとか、誰かと上手く付き合うって、どうすればいいかわかんないんだもん。明日子さんはそういうことが上手にできる人だから、私の気持ちなんて絶対に理解できない！」

子供じみた言い方だなと思いながら、それでも言い返す。

「そもそもそれが甘いっちゅうねん。心を開かれへんとか人見知りとか引っ込み思案とか、全部ただの言い訳やろ？『かまって、かまって』って思ってる子供の言い訳やろ？　あんなぁ、雅博くんかって美雨ちゃんかって私かって、みんな心配してるねんで？」

「わかってる。わかってるよ。そんなのちゃんとわかってるよ。だけど……」

言葉を探す私に、明日子さんは続ける。

「ハナが死んで、あんたがどれだけ辛いか計り知れへん。ほんまに死ぬほど辛いんやと思う。だから最初は、そっとしてあげてるのがあんたに対する思いやりなのかもって思ってたけど、ちゃうな？　あんたは自分から手を差し出す勇気がないから、手を差し伸べてきて甘えさせてくれる人を待ってるだけやわ」

　図星をつかれて、もう何も言えない。

「あんたのお母さん、芙由子さんがあまりにも直人さんのことを好きすぎるっちゅうのは私も気が付いてたわ。ほんで、あんたは自分の居場所とか存在価値とかわからへんくなってたかもしれんけど、だからって自分の殻に閉じこもってその殻をどんどん分厚くして出てこうへんようにしても、それってただの逃避やで！　それにな、あんたのお母さん、『私が悪いんだろうけど、直ちゃんあんまり私に心開いてくれないのよ。明日子さん、あの子の相談相手になってあげてね。明日子さんのことが好きみたいだから。なんか羨ましい』って、いっつもあんたのこと気にかけてたんやで！　あんたがちゃんと甘えへんからお母さんも困ってたんちゃう？」

　死んでしまった母のことを思い出す。あの人はあの人で不器用だったと言うのか？　私をどう愛していいのかわからなかったのか？

「直実……。みんななぁ、いっぱい嫌な思いをして、それでもちゃんと人間関係を築いて、ちゃんと仕事して、そうやって生きてるねんで。あんたはちっちゃな奔放とおつきい被害妄想がヒーヒーと息をしてるようなもんやな。悲劇のヒロインぶってるただの怠け者やわ。腫れものに触るみたいに接してたけど、あんたなんて気の毒でも可哀想でもない！　歯がゆくて情けなくて、こっちが病気になりそうやわ！　あんたがそんなんじゃ、お父さんもお母さんも、誰よりハナが浮かばれへんで!!　ハナが不憫やわ!!」

矢継ぎ早にまくしたてたあと、明日子さんは真っ赤な顔で泣きだした。いつも毅然としている明日子さんが泣くなんて……。

それを見たとたん、しばらく忘れていた何か懐かしいものが私の胸に溢れた。痛みでも悲しみでも辛さでも悔しさでもない、もっといじらしい何かが。

涙が出た。とめどなく涙が流れ出た。しゃくりあげながら、母を想い、父を想い、そして誰よりもハナを想い、息もできないくらい、声も出ないくらい泣き続けた。

何にもしないで、自分一人で生きているような顔をして、いつだって誰かに甘えていた私。いつまでも泣きじゃくる私を見ながら、明日子さんも泣いていた。自分だけが悲しくて辛いと思い込んでいたどうしようもない私を見守りながら、ずっと明日子さんも悲しくて辛い思いを抱え続けていたんだ。それに気付いた私は、明日子さんが泣けば泣くほど、もっと泣きたくなった。

窓の外、昼下がりの東京が、涙で滲んで、海の中に沈んでいくみたいに見えた。

その日以来私は、自分に纏わりついている霧を、自分自身で少しずつ、ほんの少しずつだけれど、追い払う努力をしようと思った。突然、心を悔い改めたわけではない。霧が晴れていくのを感じたわけでもない。ただ、現実逃避をしながら溜め込み続けてきた甘えが、ここにきて一気に裁かれているような思いに駆られ、せめて自分の気持ちを切り替える努力だけはしようと決めたのだ。

何が私をそうさせたのかはわからない。明日子さんの関西弁と涙に、えぐられるような罪の意識を感じたことは確かだし、明日子さんが言ったように、このままではハナが本当に浮かばれないと痛切に思ったのも事実だ。

しかし、自分の救いようのない被害者意識と荒唐無稽な思い込みを本気で情けないと感じ始めたこと、そして、このままでは一生自分自身を理解することも肯定することもできなくなると、そら怖ろしくなったこと、それがきっかけだったのだと思う。

もともとの性格はすぐには変わらないだろうし、もしかしたら一生変わらないのかもしれない。けれど、自分自身の手でガムテープを剝がし、心の殻を壊していかなければ、私はこの先も自分のことを一生許すことができないだろう。

ぼんやりとだけれど、私がそう気付けたのは、ハナ、両親、雅博おじさんと明日子さん、美雨、そして時戸、すべての人とのかかわりのおかげだったような気がする。

8

自由の象徴である「空」という場所に住みながら、地下の奥深くに潜伏しているような毎日を送っていた私が、自分に課した最初のステップは、普通に普通のことをする、だった。決意を実行に移すことがいつの間にかとても苦手になっていた私は、そろりそろりと、自分のペースと自分の歩幅で生活改善に取り組んだ。

午前中に起きて、洗濯をして、食事を作る。必要なものの買い物は、インターネットではなく、外に買いに行くようにした。

枯れかかっていた観葉植物に肥料と水を与え、何鉢かは復活させ、枯れてしまったものは代わりに新しい鉢を買ってきて置いた。

にわかでこしらえたハナの祭壇用に小さな棚を買い、そこにハナの遺骨を置いた。

ささやかだが、常に生き生きとした切り花を飾り、一日に一回、お線香をあげるたびにハナを思い出してボロボロ泣いた。

頻繁に雅博おじさんと明日子さんの家に行き、手の込んだ食事を明日子さんと一緒に作ったり、お菓子を焼いたりした。

「最近、家での食事が楽しみでしょうがないんだよね」

雅博おじさんは嬉しそうに私たちが作った料理を食べていた。

それはガムテープが剝がれてくれるまでのリハビリ生活のような毎日だった。

「私は、ずっと生産的なことを何もしてこなかったんだねえ……。ハナが死んで、自分の余生も閉ざされたような気になってた」

明日子さんに言うと、

「そうそう、直実はつつかれた亀とかカタツムリみたいだったからね。私さあ、『お先真っ暗』って、こういうことを言うんだろうなあって思ってたもん。でも大丈夫！　あんたはまだまだ若い。これからこれから。私なんて、最近、お酒を飲むと二日酔いはすごいし、白髪とか出てきちゃってるし、あんたの若さが、羨ましいわよ」

顔をしかめて、けれど面白おかしく彼女はそう言った。

あの日以来、明日子さんの関西弁は一度も聞いていない。

ゆるゆると流れるそんな日常の、ある昼下がり。

ハナに供える花を買いに行き、マンションに戻ってくると、エントランスホールでコンシェルジュの近藤さんと引っ越し業者のユニフォームを着た男性が何やら話していた。

私に気付き、「おかえりなさい」と言う近藤さんに会釈を返し、エレベーターに乗り込もうとしたときに、

「では、運搬用のエレベーターを使って、四十二階から荷物を運ばせてもらいます」

引っ越し業者の男性の声が聞こえた。

四十二階……。時戸が引っ越して行くのだと思った。これで、彼に会うことは二度とないだろう。私の心は全く揺れ動かなかった。ひとかけらの感傷もない。

私はそのままエレベーターに乗り込み、二十階に差しかかったあたりで唾をごくりと飲み込み、耳の中の空気を抜いた。

四月も半ばに差しかかった頃、私の大好きな黄色いチューリップを持って、いつものように私の部屋に遊びに来た美雨が、

「ねえ、直実。目黒川沿いの桜が満開だったよ！　花びらが雨みたいですっごく綺麗

だった。今年も見に行こうよ！」

大きな目をキラキラさせて、私を花見に誘った。

目黒川沿いの桜並木を訪れるのは、ハナを火葬したとき以来だ。

あの日、それが桜の木々であるのが嘘のように、琥珀色に淋しそうに並んでいた裸木が、今はピンク色の花を満開に咲き誇らせている。細長い川の上には、見事な桜のアーチが架かっていて、川沿いは歩くことさえ不自由なほどの人混み。

「やっぱ、綺麗だねえ。桜はなんでこんなに綺麗なんだろうね。それにしても、すごい人だね。日本人って桜が好きだよねえ」

ハラハラと散っている桜の花びらを手のひらに受けながら美雨が言う。

お花見をしている人の多くが桜を見上げて、携帯電話やデジカメで、画像を撮っている。

手を繋いでいる恋人たち。お酒を飲んではしゃいでいる若者たち。仲良さそうに一緒に空を見上げている家族連れ。みんな幸せそうに笑っていた。彼らはきっと、春以外の季節には、これが桜の木だということをあまり意識していないだろう。

けれど、私は忘れない。一月三日にハナを火葬したときの寒そうで悲しげだったあの桜の木々を。長い冬を耐え忍んでいるからこそ、桜の花はこんなにも鮮やかに春を彩るのだ。桜の木は生きている。私は、夏も秋も冬も、これが桜の木だということを忘れずにいよう。そして来年の春もきっとこの場所にこの桜の花を見にこよう。

そう思い、今年の桜の花の鮮麗な様子を心の中だけに保存した。


美雨と一緒に桜並木を進んでいたら、ハナを火葬した川の上流に着いた。

「美雨。私ね、一月三日にこの場所でハナが焼かれるのを見てたんだ。ここにペット葬儀のトラックを停めて火葬してもらったの」

私を見つめる美雨。彼女の後ろには大きな桜が枝を広げていて、美雨が桜の花の精みたいに純真に光り輝いて見える。

「なんかさあ、直実、綺麗になった」

「何よ、唐突に。私も今、美雨は綺麗だなあって思ってたよ」

「ハナちゃんが亡くなったあと、直実の家にお線香を持って行ったじゃない？　あのとき、直実、怖いくらい綺麗だったの。なんでかわかんないけど仏様みたいな顔してたの。ハナちゃんの看病をまっとうしたからかなあ。あのときはそんなこと言えなかったけど、ハナちゃんが居なくなったのになんで直実はこんな綺麗なんだろうって思ってたの。ごめん、上手に言えないや」

本当に不思議そうな顔をして美雨はそう言った。

「何言ってんの。あのときの私、逃げてたんだよ。ハナが死んだことが嫌で嫌で、死から目を背けて見ないふりしてたんだよ。何も考えないように、何も思い出さないように。あんなに自分が自分じゃないみたいになったの初めてだった」

「仕方ないよ。直実、ハナちゃんを誰より何より溺愛してたもん。直実ってさ、昔から『ハナが死んだら私も死ぬかも』って口癖みたいに言ってたから、私、どうしていいかわかんなかった」

そうだった。私はいつもそんな無責任なことを言っていた。

「そうだよね。いっつもそう言ってたよね。でもさ、詭弁じゃなくてさ、今は、ハナを精一杯介護できてよかったなあ。ハナの最期を看取れてよかったなあって思ってる。私、無職でよかった」

自然に笑みがこぼれる。

「ホントだね。仕事してたら、あんなにちゃんと看病できなかったよね。神様がちゃんとそうしてくれたんだね。私、あの壮絶な介護生活を送ってるときの直実、本気で尊敬したもん。ハナちゃんを本気で愛してるんだなあって思った」

「あの生活はね、辛かった。人生で一番辛かった。美雨に愚痴ったもんねえ」

「やっぱり、あの闘病生活があって、それを終えたからあの日あんなに綺麗だったのかな。でもね、あのときの直実は近寄りがたい美しさみたいな感じだったけど、今は優しい顔になってる。ホントにすっごく優しい顔になってる。直実、あんたさあ、ハナちゃんを最後まで愛して見送ったことを誇りに思って、ちゃんと自分で自分を誉めてあげなね」

私の髪についた桜の花びらをさりげなく払いながら、美雨は真剣なまなざしを私に向けた。

目黒川の桜並木を歩き終え、山手通りに出る。

「ねえ、最近こんなに歩いたことなかったから、足が疲れちゃった。私たちもう若くないねえ」

困り果てたような顔で大きく息を吐く美雨。

「何言ってんの。おばさんっぽいよ、美雨。あっ、でもさあ、私たち四捨五入したらもう三十なんだよね。三十歳になったとき、私何してるんだろ？ どうしよう、三十になってもまだ無職だったら」

私の言葉に美雨が「プッ」と吹きだす。

「それはないよぉ。無職って最初は悠々自適かもしんないけど、長く続くと逆に退屈じゃない？」

「そうかも。しかも、自由ってあまりにも長く続くと病んでいっちゃう」

「あっ、経験者は語る！」

「本当だ！」

笑いながら自虐的にこんな会話をしているのが楽しかった。桜を見ながら散歩する。こんな些細なことが実はとても有意義なんだと改めて気付く。

「ねえ、美雨。お腹空かない？」

「空いた、空いた。桜が咲いてるのに夜はまだまだ寒いねえ。私、あったかいものが食べたいなあ」

「あっ、私も。どっかでゴハン食べようか？」

「うん！　しかも私、ビールが飲みたい！」

中目黒の山手通り沿いの店は、花見客で賑わっていて、どこも人が溢れている。以前、雅博おじさんに連れていって貰った鳥鍋屋を覗くと満席だった。

「お花見シーズンだから混んでるんだねえ。美雨、材料買って、私んちで鍋しようか？」

「そうしよう！　私、しゃぶしゃぶがいい。豚しゃぶが食べたい。肉と野菜とビールを買って、直実んちに行こう」

私たちは歩調を速めた。

スーパーで材料を買い、『ル・ソレイユSHIBUYA』に戻り、ビールを飲みながら美雨と鍋を囲む。

「ねえ、そう言えば、その後どうなの？　階上のイケメンは」

ピンク色の豚肉を熱湯にくぐらせながら、美雨が聞いてきた。

「ああ、あれね、終わった。完全に終わった。あの人、もうこのマンションから引っ越して行ったみたいだよ」

私も肉を頬張りながら、軽く返す。

「そうなんだ。まあ、あれはあれで非日常的でドラマティックではあったよね？　あんな経験は滅多にできるもんじゃないよ」

「最後にねえ、超非日常的で、ドラマティック以上のことがあったんだよ。美雨、それ聞いたら卒倒しちゃうかもしれないから、今度ゆっくり話してあげる。恥ずかしすぎて、私、まだちゃんと説明できないや」

ふざけた口調で言いながらも、ぼんやりと時戸の顔を思い浮かべる。笑顔ではなく、怒りに歪んだ彼の顔を。時戸の部屋に入ったのは、あれが最初で最後だった。悪趣味でグロテスクな夜だったなあ……と、絵空事みたいに感じる。

「えっ、想像できない。その話、楽しみに待ってようっと」

問い詰めるわけでも残念がるわけでもなく、美雨は新しい肉を鍋に入れた。しゃぶしゃぶの締めにうどんを入れ、調味料を足してスープの味付けをしている私に、

「ねえ、直実、これだけ料理が得意で知識が豊富なんだから、たまに私のレストラン手伝ってみない？　この間、突然バイトの子がひとり辞めちゃって人手不足なのよ」

美雨が言った。

「私にできるかなあ？　なんせ私、長いこと引きこもりだったから社会復帰がかなり難しそう」

「直実なら大丈夫だよ。以前は出版社でバリバリ働いてたじゃん。とりあえず来週あたり、一回見学においでよ」

何もしないより、その方がずっといいのかもしれない。新しい一歩を踏み出すときには、今までの居場所を振り返らない潔さが必要だ。

「そうだね。ありがとう。パートのおばさんみたいな気持ちで行くね」

桜の花が散り終わり、歩道のアスファルトに貼り付いていた花びらもすっかり消えてしまった。東京の街には、一年で一番清々しい五月の風が吹き抜けている。

週に四日は、美雨の経営するオーガニックレストラン『ビューティフルレイン』でアルバイトをしている私は、ホールを動き回ったり、キッチンの中を手伝ったり、忙しいけれど充足感のある毎日を送るようになった。

「ねえ直実、なんか新しいメニュウ考えてよ。女の子が好きそうでカロリーが低いメニュウ。あとさあ、フルーツを使ったデザート。砂糖は使わないで、甜菜糖《てんさい》とか使って、牛乳じゃなくて豆乳を使ってさ。それとさ、最近、外国人のカストマーが多いの。英語表記のメニュウも作るから手伝って!」

ランチとディナーの間の、比較的お客さんが少ない時間帯に、美雨は新メニュウや新しい試みに関していろいろと私にアイデアを求める。

「あっ、お休みの日に考えてみるよ。季節毎の旬のフルーツを使ったオリジナリティーのあるデザート。そうだね、英語のメニュウ必要かもね」

美雨があまりにも潑剌としているので、私も自然とキビキビしてしまう。

「よろしくね。やっぱ直実にバイトしてもらって正解だったなあ。あっ、今のうちにちょっとキッチン片付けておいて」

嬉しいことを言って持ち上げておきながら、皿洗いや掃除もしっかりさせて、案外こき使ってくれている。活気ある職場で働くことは、やはり心が弾む。

他の従業員やアルバイトの女の子たちも、みんな優しくて、とても働きやすい環境だった。美雨は、

「もうねえ、何はともあれ『人』なのよ。どんなに美味しいものを出しても、どんなに素敵な内装にしても、働いている人にやる気がなかったり嫌な空気を出していたりするとお客さんは絶対にリピーターになってくれないもん。どれだけいいスタッフを揃えられるかが一番重要だと思う」

機会があるごとにそう言う。自分が率先して一番忙しく立ちまわり、年上の従業員にもテキパキと指示を出したりハキハキと意見を言ったりして、なかなかのたくましさを見せている若きオーナー。一緒に働いてみてからわかったのだけれど、彼女は常にお店やお客さんやスタッフの様子の細部にまでしっかり目を行き届かせ、このレストランがどんどん向上していくように、必死に奮闘していた。

私は、学校でも家でも見たことのない美雨の仕事に対するひたむきな熱意に、「さ

すがだなあ」と心から感心した。

仕事が休みの日、目を覚ますと正午に近い時間だった。寝た時間から計算すると……、「十時間も寝ちゃった」、思わず声に出して呟いていた。だらけきっていた身体を、アルバイトで急に稼働させ始めたせいだろうか。一度も目を覚ますことなく快眠していた。

妙にすっきりした気分でベッドから抜け出し、顔を洗い、今日は寝具を洗濯しようと思い、シーツを剝がすと、マットレスの上に小さな黒いシミがあった。ハナの血痕だった。

顔にできた悪性メラノーマの腫瘍がどんどん膿んでいき、エリザベスカラー越しにそれを引っ掻いて、カサブタと流血を繰り返していた頃。あの頃は、本当に辛かった。仮眠をとり、目を覚ますと、部屋の中が血だらけになっていることが日常茶飯事だった。ハナがベッドの上で流した大量の血は、シーツに広がり、いつもその下のマットレスにまで染み込んでいた。雑巾やウエットティッシュで念入りに拭いたのだが、いつまでも落ちないところが数箇所あった。

悲痛な思い出なので、ハナが死んでから、シーツを換えるたびに、それを見ないようにしていたのだが、今日はそこを指で撫でてみる。「ニャア」と私を呼んでいたハナの声を思い出す。

　涙が溢れた。ツツーと、なんのためらいもなく、ハナを思い出して泣いた。「ここがハナの終《つい》の住処になったんだなあ」と思ったら、ますます泣けた。

　ひとしきり泣いたあと、洗濯をして、掃除をして、コーヒーを淹れて飲んでいたら電話が鳴った。

「もしもし、直実？　今日休みでしょ？　私さあ、お腹ペコペコなんだけどランチ行かない？　あっ、もしかしてもう食べちゃった？」

　明日子さんの明るくてハスキーな声が聞こえる。

「大丈夫。まだ何も食べてないよ。私、十時間も寝ちゃったの。で、さっき起きたの」

「あら、珍しい。じゃあ、とりあえず今から直実のとこ行くね。昨日、サクランボをたくさん貰ったからおすそわけ持ってく」

　それからすぐに、ボウルいっぱいの真っ赤なサクランボを持って明日子さんがやってきた。

「これさ、食べきれなかったら美雨にあげてね。あっ、コーヒー、私も飲みたい」

言うや否や、マグカップにコーヒーを注ぎ、冷蔵庫にサクランボを入れる明日子さん。

「さっき私さあ、マットレスに残ってるハナの血の跡を見て、泣いちゃった」

「ああ。あの頃、大変だったねえ。ハナ、毎日血を流してたもんねえ。ホントに見るのも辛かったなあ」

「うん。でもさ、ハナを思い出して、こんなにまっすぐ悲しめるようになっているんだって、自分でびっくりした」

「あんた、ずっと泣くの我慢してたからねえ。そんなとこだけすごく頑固なんだもん。泣けるようになって良かったよ。ハナも今頃は天国からあんたを見て、安心してるよ」

たしなめるような物言いで明日子さんは私を見る。

「ねえ、明日子さん。ハナはさあ、死ぬ直前に『死にたくない』って思ってたのかなあ。それとも『もう死んで楽になれる』って思ってたのかなあ」

死ぬ間際に、一瞬私を見つめたハナを思い出す。

「どっちだろうねえ。まあ、どっちにしろ、『直実のこと残したままで死ぬのは心配だニャア』って思っただろうねえ。私さ、たまに今でも夢で見るよ。まだ病気になる前、私が初めてハナに会ったとき、最初は隠れてたのに、すぐに出てきて、私の足に顔をすりすりしたときのこと。あの子はホントにかわいかったねえ。ハナに会いたいなあ」

「うん、本当にかわいかった。私もハナに会いたくて仕方ない。私さあ、ハナを育ててるつもりだったけど、実は、私の方がハナに育ててもらってたんだなあって、最近いつも思うんだよね」

「あらっ、成長発言！　でもさあ、マジで、ハナは衰弱していったときに『直実に二度と会えなくなるのは嫌だニャア』って絶対に思ってたよ。『次に生まれるときも絶対に直実の家の子になりたいニャア』って思いながら死んでいったと思うよ。だってさ、あんた本当にハナに愛されてたもん」

明日子さんのその言葉を聞いて、私は堪え切れずに再び泣きだした。

「あらら、また泣いてるよ、この子は。あんたきっと、これからしばらくハナを思い出すたびに泣くんだろうねえ。でもさ、泣けないよりずっといい。もうねえ、気が済むまで泣きなさい。そしたらいつかハナの死を乗り越えられるかもしれないから。乗り越えられなくても、ハナの存在を大切な思い出にすることは絶対できるから」

明日子さんに対して恥ずかしいなんて気持ちはこれっぽちもなくなり、「そうだよね。そうだよね」と、顔をぐしゃぐしゃにして私はまた泣いた。

私はまだハナの死をこれっぽちも乗り越えていない。けれど、少なくともその死を悼んで悲しめるようにはなっている。

結局、私たちは、私が引っ越してきた次の日に二人で行ったあのガレット屋さんに行って遅いランチを楽しんだ。

明日子さんは、相も変わらず昼間からワインを頼んだ。たっぷり寝てたっぷり泣いた私は、旺盛な食欲を見せ、明日子さんが残したガレットも食べ、デザートガレットまでいただいた。

「ホントにあんたは……、子供か⁉」

明日子さんは、もりもり食べる私を見てそう言った。

風の強い午後だった。春と夏の間の気持ちいい風が髪をなびかせる。

「そうだ。明日子さん、今日私の髪を切ってくれない？　バッサリと。なんか、最近邪魔なんだよね、この長い髪」

突然のひらめき。それはすごく正しくて素敵なひらめきだと思った。

「あっ、いいよ！　そう言えば、直実が髪をすごく短くしたのって見たことないなあ。思いきってショートにしちゃう？」

「お任せします。素敵なヘアースタイルにしてよ？　今夜は私が腕を奮って雅博おじさんと明日子さんに夕飯を作るから」

「よし、じゃあ、『ヘアーサロン明日子　IN　ル・ソレイユ』に行こう」

「うん。あれ、でも明日子さん、ちょっと酔ってない？　大丈夫？」

「平気、平気。前にも言ったでしょ？　美容師時代に何人ものお客さんの髪を酔っぱらいながら切ったけど、クレーム一度もなかったから！」

　私たちは、少し千鳥足で、マンションに戻った。エントランスホールの真ん中で真っ赤な顔をして「早く、早く！」と大声を出す明日子さんを見て、コンシェルジュの近藤さんが、笑いを嚙み殺していた。


　頭ではなく、手先が覚えているのだろう。明日子さんは、ほろ酔いなのが嘘のように私の髪を器用に切った。水をスプレイされ、何種類かのハサミを使われ、ザクザクと切り落とされる私の髪。

「ねえ、中途半端に切るくらいなら、いっそ本当にかなり短くしようか？」

美容師の目で尋ねる明日子さん。

「うん。いいよ、どうせもうすぐ夏だし、ジャンジャン切って」

投げやりな気持ちではなく、どちらかと言うと、冒険心からそう言った。

「はい、終了！」

明日子さんの家のエントランスホールに置かれた姿見の前で髪を切ってもらっていた私は、男の子みたいに短くなった自分の髪型を、少し愉快な気持ちで確認した。

「素敵！　すっきりした。ありがとう」

鏡越しにそう言ったら、明日子さんも満足そうに微笑んでいた。

切り落とされて散らばった髪を片付け、頭を洗い、オシャレにセットしてもらい、私たちは夕飯の食材の買い出しに出かけた。

帰宅した雅博おじさんは、

「誰かと思ったら、直実かよ？　随分と切ったんだね。でもイイよ！　すごく似合う！」

目をまん丸にして驚いていた。

「当たり前でしょ。誰が切ったと思ってるのよ」

明日子さんは得意満面で腰に手を当てた。

食卓には、醬油赤飯、のっぺ汁、切り昆布の煮しめ、棒鱈煮など、新潟の郷土料理が並んでいる。

「うわあ、懐かしいなあ。金時豆が入った醬油味の赤飯！　あっ、のっぺもある！」

テーブルの周りを嬉々として歩き回る雅博おじさん。

「明日子さんに、髪を切ってもらったお礼に、夕食を作ったの。どうせなら雅博おじさんの好きなものがいいかなと思って、明日子さんと新潟館まで食材を買いに行ってきたんだよ」

「めちゃくちゃうまそう！　早く食べようよ」

おじさんは、テーブルについて、すでに箸を持っている。

「私、しっかり直実に作り方教わったからね。これからはリクエストしてくれたらいつでも作れるよ。でもさあ、小豆じゃなくて金時豆、しかも醬油をドバドバ入れて炊いた赤飯って、変わってるよね、新潟の郷土料理」

赤飯とのっぺ汁を器に盛り付けながら明日子さんは言った。

新潟の地酒と地ビールを飲んで、三人で楽しく食卓を囲む。雅博おじさんは、赤飯を二回もおかわりして、明日子さんに、

「雅博くん、食べすぎ！　最近お腹が出てきてるんだから」

と、注意されている。

「デザートもちゃんと買って来たよ」

私が笹団子と『幸福あられ』を出すと、

「あっ、『幸福あられ』！」

雅博おじさんは、すかさず手を差し出し、明日子さんにその手をぴしゃりと叩かれていた。

ゆっくり時間をかけて、食事を終え、リビングルームに移動し、私と明日子さんはコーヒーを、雅博おじさんはほうじ茶を飲む。

「あっ、そう言えば、この間、安田先生に会って、一緒に飲んだよ」

雅博おじさんが私に言う。

「安田先生って、すこやか先生？」

「そう。『直実さんは元気ですか？』って心配してたよ。一生懸命病気と闘ってたハナと直実のこと、すごく誉めてた。あの人はおっとりしてるけど、素晴らしい人だね。すごく真剣に動物のことを考えてるし、ズルい感じが全くしない」

「おっとりしてる？　やっぱりそうなんだ？　診察室ではいつもきりっとしてるけど、外では案外無口な人なのかなあって思ってたんだよね。すこやか先生、会いたいなあ。ハナが死んじゃってから私あんな風だったたから、ちゃんとお礼もできてないままだし」

「今度、一緒に食事に行こうよ。安田先生も直実に会いたがってたし」

そう言って、雅博おじさんは『幸福あられ』をサクサク食べている。

「あっ、じゃあ、うちに招待すればいいんじゃない？　で、直実、手料理をふるまえばいいんじゃない？　なんかすごい凝ったものを作ってよ。私も教わりたいし」

目にもとまらぬ速さで雅博おじさんの手から『幸福あられ』の袋を取りあげながら提案する明日子さん。

「そうしよう、そうしよう。直実と安田先生の都合に合わせて、ホームパーティーをしようよ。外のレストランで変にかしこまって食事するより、家の方が先生も気楽で来やすいだろうし。さっそく電話してみるよ」

名残惜しそうに『幸福あられ』を目で追いながら、雅博おじさんはすこやか先生に電話をかけていた。

その夜、自分の部屋に戻った私は、いろんなことがゆっくりと元通りになってきているな……と思いながらソファーに座り、なんとなくテレビを点けた。

私がソファーに座ると、いつも手のひらほんのひとつ分のかたわらに来ていたハナがもう居ないから、伸ばした左手が手持ちぶさたで淋しくて仕方なかったけれど、それでも、ハナが死んだ直後のあの死にたくなるような絶望感はなかった。

そう、あれは絶望感だった。残酷な哀しみが絶望に変わり、そのあとに虚しさが募り、臆病な私はその虚しさを埋めるためにうつろな世界を彷徨い続けた。それが自分自身を欺いていることに気付きもせずに、どんどん谷底へと進んでいった。今、ようやくそこから這い上がろうと、上を見上げ始めたのだ。

毎日が過ぎていくのが、あの頃よりずっと速い。ただ、時間が進んでいるのではなく、時間を巻き戻しているような、そんな感覚があった。

「あなたの夢は何ですか？」

深夜のバラエティー番組で、今年新生活を迎えた人々にインタビューしている様子が流れている。進級・進学したり、新社会人になった若者がそれに答えていた。ふざけた回答で笑いをとっている子もいたし、ひたむきな顔で真面目に答えている子もいる。壮大すぎる夢を語っている子は、恥ずかしそうだけれど、こちらが心を打たれるくらいに瞳を輝かせていた。

　私の夢は何だろう……。

　この、空に近いマンションに住み始める前の私は「いつまでもハナと一緒に、平穏無事に暮らしていきたい」と思っていた。ささやかで穏やかな毎日が、私にとってもハナにとっても一番の幸せだと信じていた。けれど今は、怒りや虚しさや悔しさや苦しみ、せつなさや悲しさや痛みをきちんと感じて、ときには絶望して、そこから抜け出さなければ幸せの真意なんて知ることができないんだと実感していた。

　今はまだ、自分の夢が何なのか不明瞭だが、がむしゃらに追いかける夢を見つけることが、まずは一番身近な私の夢なんだと思う。生命が終わるとき、人は空に昇っていくと言うけれど、私は、この空に近い場所で生まれ変わったような気持ちで、自分なりの夢を探してみよう。それが小さな夢でも大きな夢でも、その入口に立ったときに、その夢を叶えるための努力を惜しまない自分になろう。テレビを観ながらそんなことを思った。

　番組が終わり、時戸の新しいＣＭが映し出された。感情の波は全くさざめかない。静まり返ったままの胸の内。私にとって彼はもう、テレビの中に棲んでいる有名人のひとり、そんな存在になりつつあった。

明日も早い。妙にぼんやりと曇った夜空にうっすら出ている月を見上げ、ゆっくりとカーテンを閉めて、洗いたての気持ちいいシーツの上で私は眠りに就いた。

すこやか先生は少し恥ずかしそうな笑顔を浮かべて、このマンションにやって来た。

相変わらず寝癖のついた髪。清潔そうなシャツとデニム。綺麗に磨かれたブーツ。先生が白衣を着ていないことを妙に不自然に感じたけれど、私服姿の先生は、診察室にいるときよりもずっと若く見える。

「ご無沙汰してすみませんでした。その節は本当にお世話になりました」

身の引き締まる思いでお礼を言った。

「とんでもない。元気そうでよかったです。直実さん、髪を切ったんですね」

すこやか先生も、少し緊張している。ハナを診てもらっていたときとは別人のよう。

「何、何、二人ともかしこまっちゃって。あんなにしょっちゅう会ってたのに。あっ、そうか、あのときとは場所も状況も違うもんね。直実と先生が病院以外で会うのって初めてだもんね」

雅博おじさんが私たちのぎこちなさを取り除いてくれる。

「はじめまして。小早川の妻の明日子と申します。昨年は直実とハナがお世話になって、本当にありがとうございました」

明日子さんがすました顔で、普段聞いたこともないような声で律儀な挨拶をしたので、私は思わずクスリと笑ってしまった。

「ちょっと直実、何、笑ってんのよ？」

「だって、明日子さん、別人みたいなんだもん」

「私は普段からこんな感じですけど？　さあ、先生、入ってください。直実が美味しいものをたくさん作ってくれたんですよ。一緒に食べましょう。あっ、ちゃんと私も手伝いましたからね」

全く人見知りをしない明日子さんが一気に場の雰囲気を和やかにしてくれた。

明日子さんは、「手の込んだもの」をリクエストしたが、雅博おじさんが「中華とか韓国料理とかタイ料理っぽいものが食べたいなあ。みんなで自由に取り分けて食べられるし」と言っていたので、この夜は、麻婆豆腐、エビのチリソース、チヂミ、グリーンカレー、トムヤムクンなど、三ヵ国混合のエスニックな料理を作った。

「これ、みんな直実さんが作ったんですか？　すごいですね」

すこやか先生が本当に驚いたように目を丸くしたので、なんだか恥ずかしくなった。

ビールで乾杯して、みんなで料理を食べ始めると、ぎこちなかったムードがだんだんほぐれてきた。話し上手な雅博おじさんと明日子さんが巧みに会話を膨らませてくれる。

想像していた通り、診察室を出たすこやか先生は、あまり饒舌ではなく、どちらかと言えば人の話を聞くタイプの人だった。

「先生はおいくつなんですか？」

「三十六歳です」

「あら、私とほとんど変わらない」

明日子さんが先生にいろいろ質問するので、今まで知らなかったすこやか先生の素顔が徐々に見えてきた。

三十六歳、独身。

東京生まれの東京育ち。

『すこやか動物病院』の二階にひとり暮らし。

実家は世田谷区、病院から徒歩二十分のところ。

趣味は旅行と釣りと乗馬。

お酒と甘いものに目がない。

将来的には、もっと広い土地で『すこやか動物病院』にペットホテルを併設して、その敷地内で自分の馬を飼うことが夢。

「旅行に釣りに酒に甘いもの、好きなものが僕と一緒だ。今度、一緒に海釣りに行きませんか？　朝早くから釣りに付き合ってくれる人がなかなかいないんですよ」

雅博おじさんが楽しそうに言う。

「もちろんです。私も、バスフィッシングとかより、海釣りの方がずっと好きです。海で、魚がかかるのを待ってるあのポカーンとした時間がすごく好きなんです」

男は、趣味や好きなことの話になると途端に口数が増えるものだ。

「私、何年か前にハワイの海岸沿いで乗馬をしたことがあるんですが、すごく気持ちよかったんです。今度、乗馬を教えてください」

アクティブな明日子さんがそう言うと、

「馬はいいですよ。正直なんです。人間の気持ちをすごく敏感に察してくれる。私は、仕事で疲れたり、担当している動物が亡くなったりすると、必ず時間を作って、馬に乗りに行くんです。もうねえ、本当に気持ちが洗われるような、ストレスが風に吹かれて飛んで行くような、そんな気持ちになるんです。小早川さんにも奥さんにも直実さんにも、是非、馬に触れてほしいなあ」

うっとりするような口調のすこやか先生。

「先生。ハナが死んだときも、馬に乗りに行ったんですか?」

私は思わずそう聞いてしまった。

「行きました。山梨に知り合いの牧場があるんですけど、そこにサクラっていう名前の牝馬が居るんです。お正月にサクラと一緒に一時間以上走ってました。最初は空が曇っていて、すごく寒かったんですけど、ハナちゃんの顔を思い出しながら走っていたら、空が晴れてきて太陽が出て富士山が見えて、ちょっと感動しました」

すこやか先生が、真摯にハナを悼んでくれた様子がありありと頭に浮かんだ。この人は哀しみを絶望に変えるのではなく、そっと拭い去れる人なんだ。

「私もいつか会ってみたいな。そのサクラちゃんっていう子に」

「行きましょう、行きましょう! サクラに乗せてもらいましょう。こんなこと言ったら失礼かもしれないのですが、ハナちゃんとサクラ、似てるんですよ。気性が穏やかで、人の痛みを知っているようなところが似てるんです。あと、目が似てるんです。サクラの目も大きくてクリクリしてるんです」

今夜集まってから一番熱心な声を出して先生が提案してくれる。

「行きたいです。本当に会いたいです」

意味もなく、大きな期待が胸に広がる。こんなに早く夢ができた。夢と呼ぶにはささやかすぎるのかもしれないが、ハナが居なくなったあとの私の最初の小さな夢が見つかった。

9

『すこやか動物病院』は休診日にも診察をお願いしてくる人が多かったので、すこや
か先生はいつも多忙だった。私も、『ビューティフルレイン』でのシフトが週に四日
から五日、多いときは六日になっていた。

私とすこやか先生のお休みがようやく重なり、私たちが山梨へと出かけたのは六月
の中旬だった。明日子さんも誘ったのだが、彼女は先約があって来られなかった。

梅雨のシーズンの真っ只中だったので、今にも雨が降りそうなどんよりと曇った日
だった。すこやか先生は「天気が心配だから別の日にしましょうか?」と聞いてくれ
たが、私は「今日行きたいです」と即答した。

すこやか先生の運転する四駆に乗って、山梨まで行った。

無口な私たちの、車内での会話は、ポツリと交わされ、すぐに止まり、またポツリ
と交わされるだけだった。けれど私はそれに気まずさを感じなかった。それよりも、

ハナに似ているというサクラに会いに行けることが楽しみで仕方なかった。「サクラちゃんに乗せてもらえなくてもいい。ただ会えるだけでいい」、そう思って胸を弾ませていた。

目的の牧場に着くと、霧雨が降っていた。

そこは、牛の乳搾りや酪農体験ができるような、いわゆる「観光牧場」ではなく、純粋に乗馬を体験したい人のための牧場だったので、想像していたよりもずっと地味で、少し侘《わび》しい印象があった。

柵で囲われた広いスペースに、三十頭くらいの馬が、点々と思い思いの場所で佇んでいたり、のんびり草を食んでいたりする。ここの馬たちのほとんどは元競走馬で、歳老いたり、成績不振だったり、怪我をしたりしてこの牧場で暮らしているそうだ。

すこやか先生は牧場主に挨拶をしたあと、一頭の馬を引っ張って私のところに来た。艶々とした栗毛の、思ったよりずっと小柄な馬。

「直実さん、これがサクラです。サクラ、こちらがハナちゃんの飼い主だった直実さんだよ」

馬が人間の言葉を理解しているかのように私のことを紹介してくれる。サクラちゃんは、何でもわかっていますよ、みたいな顔をして穏やかな目で私を見た。

必要以上の先入観があったわけではない。しかし私は、サクラちゃんの真っ黒な瞳を見たときに「初めて会った気がしない。ずっと前からこの子を知っていたような気がする」、そんな既視感に包まれた。

「サクラちゃん、今日はよろしくお願いします」

彼女の目を見つめて、自然とそう言ってしまう。

すこやか先生はサクラちゃんを馬繋場へ連れて行き、栗毛の身体に丹念にブラシをかけた。気持ち良さそうな顔をするサクラちゃん。私はそれを見ながら、ハナもブラッシングされるのが好きだったな……と思い起こしていた。

ブラッシングが終わるとすこやか先生は、サクラちゃんの背中に鞍を装着したり、頭に頭絡《とうらく》と呼ばれる馬具をはめ、口に轡《くつわ》を噛ませたり、サクラちゃんに乗せてもらうための準備を手際よく丁寧に進めた。そして、私に乗馬の手順や注意事項、馬の習性などをじっくりと説明したあと、

「直実さん、そろそろ乗ってみましょう。絶対に怖がらないでください。不安になったり躊躇したりすると、馬は敏感にそれを察します。穏やかな気持ちで、サクラにまたがってください」

私をサクラちゃんの左側に立たせて、私の手を取って足台に乗せ、鞍の一番低い場

所に座らせた。

「まずは手綱を軽く握ってください。それから姿勢を安定させて。リラックスすることを忘れずに」

私はゆっくりと手綱を掴んだ。そして背筋を伸ばす。

「それから、サクラの脇腹を優しく軽く蹴ってください。止まるときには手綱を軽く引っ張ってください」

ブーツでそっとサクラちゃんのお腹を押す。コツコツ、ゆっくりサクラちゃんが歩きだした。何だろう、悲しくないのに少し泣きたいこの感じ。サクラちゃんは同じ速度で、歩き続ける。

「いいですよ。今度は、少しだけ強めにサクラのお腹を蹴ってください。歩く速度を上げてみましょう。直実さん、大丈夫ですか？」

「大丈夫です」

言われた通りに、少しだけ強く蹴ると、サクラちゃんは、カッカカッと歩調を速め、歩幅を広げた。そよ風に乗っているような気分。優しい疾走感。

しばらく練習したら、随分とサクラちゃんと波長が合ってきた。お尻が痛いけれど、それにも増して、気持ちが高ぶる。

「息が合ってますね。思った通りだ。サクラは直実さんがどんな人か、ちゃんとわかってるんですよ。ちょっと山道を走ってみましょうか？」

すこやか先生は、自分も別の馬に乗り、私とサクラちゃんを先導してくれた。

カラマツの木々を縫うように傾斜の緩い山道を進む。今までよりももっと速いスピードで走る。終始会話もないまま、前を走るすこやか先生を追い、かなり長い距離を走る。

初めてサクラちゃんに乗った気がしない。昔から何度もこの背中に乗せてもらっていたような安らいだ気持ち。このまま空へ飛んでいけそうな気分。

雨が上がり、ぼんやりとかかっていた霧が、徐々に晴れていく。雲間からうっすらと光が射してきた。私の心の中にまで射し込んでくるような、そんな光だった。

「直実さん、手綱を引いて、止まってください」

三十分くらい走ったあとに、すこやか先生が歩を止めた。心の中でそっと「サクラちゃん、止まって」と願いながら手綱を引くと、サクラちゃんはすんなり立ち止まってくれた。

「直実さん、見てください」

すこやか先生が見ている方に目をやると、そこには富士山がくっきりとそびえ立っていた。なんて優美なのだろう。こんなに近くで富士山を見たのは初めてだ。絵画に描かれたようなその姿に圧倒されてしまい、言葉が出てこない。『ル・ソレイユ』から眺めていた小さな富士山が、今はこんなに壮大に、こんなに近くから私を見下ろしている。

私を乗せてくれているサクラちゃんは、雨上がりの日差しを全身に浴びて、泰然自若として立っている。その美しさにも鳥肌が立ち、天にも昇るような高揚を感じる。そして、「ああ、私は今、感動しているんだ」と、痛切に気付いた。

帰りの車中、カーラジオから流れてくる音楽を聴きながら、私は不覚にも眠ってしまった。目を覚ますと、空は暗くなりかかっている。

「すみません、寝てしまいました」

ずっと運転してくれているすこやか先生に申し訳なかった。

「大丈夫ですよ。初めての乗馬で緊張したんでしょう。あとね、乗馬って立派なスポーツなんですよ。案外体力を使って疲れたんじゃないでしょうか？」

この人の話し口調は、私を決して不快にさせない。ハナと通院しているときに、いつも不安を取り除いてもらい、いつも励ましてもらっていたからだろうか。すこやか先生と話していると、伸びやかな安心感に包まれる。

「疲れは全くないんです。無意識のうちに気が張ってたのかなあ。先生、私、今日サクラちゃんに会えて本当に良かったです。サクラちゃんに乗って見たあの富士山のことも一生忘れないと思います。素晴らしい体験をさせてもらいました。あんなに爽快で穏やかな気持ちになったのは久しぶりです。迷惑じゃなかったらまた連れて来てください」

「それは良かった。馬はいいでしょう？　なんとも言えない気持ちになるでしょう？　私はね、馬と走ると、自分が浄化されるような気がするんですよ」

「私もそれを感じました。それに、なんか勇気みたいな感動みたいな……そんな感じになりました」

上手い言葉が出てこない。

「海外に住んでいる私の友人が『イルカと一緒に泳ぐと、自分がどんどん研ぎ澄まされて、どんどん善人になっていく気がする』っていつも言うんですよ。それを聞くたびに、自分は馬に乗って走ると同じ気持ちになるって思うんです。でも、イルカと泳ぐのも楽しそうだなあ。僕もイルカと一緒に泳いでみたいなあ」

すこやか先生が、自分のことを初めて「僕」と言った。私はそれに気付かないふり

をしながら、

「イルカ、いいですね。私もイルカと一緒に泳いでみたいです。私、日本海育ちなんで、水泳は意外と得意なんですよ」

少し自慢げに笑って言った。


梅雨が明け、気温がどんどん上昇し始めている。

『ビューティフルレイン』の定休日の月曜日。四十一階の雅博おじさんの家に招待された私と美雨。夏生まれの私と美雨の誕生会を雅博おじさんと明日子さんが企画してくれた。

「たまにはベタにすき焼きにしてみた。神戸から最高級の肉をお取り寄せさせていただきました」

霜降りの美味しそうな、そして高価そうなお肉をみんなに「どうだ!?」と披露する明日子さん。

「嬉しい！　夏にすき焼きってのが素敵。最近、夏のオーガニックメニュウのことばっかり考えてたから、こういうもの食べたかったんだよねえ。ああ、どうしよう、あっという間に二十七歳になっちゃった。もう、若くないわ、私」

私より一足先に誕生日を迎えていた美雨がうんざりしたような声を出す。

「ちょっと、美雨。あんた、私に喧嘩売ってんの？　二十七歳で若くなかったら、三十五の私はどうなるのよ？」

「えっ、あっ、ごめんなさい」

ほっぺたを膨らませて言う明日子さんに、美雨はケラケラと笑っている。

「でもさあ、ホントにあっという間に二十代って過ぎるんだね。私と美雨が出会ってからもうすぐ十年だよ」

私がそう言うと、明日子さんは、

「三十代はもっと早く過ぎるわよ」

と含み笑いで言い、すかさず雅博おじさんが、

「四十代はそれより早いんだよぉ」

困惑気味に言ったので、女三人は吹きだしてしまった。

去年の今頃はハナが発病して、誕生日どころじゃなかったから、なんだかすごく久しぶりに自分の誕生日を迎えた気がする。そう、あの苦闘の夏から一年。私はもうすぐ二十七歳になる。

「そう言えば、直実が小さかった頃、俺の誕生日のときに、肩たたき券とか紙で作っ

た金メダルとか、手作りのプレゼントをよくもらったなあ」

　思い出深い面持ちで雅博おじさんが言った。懐かしい。あの頃の私は、雅博おじさんが喜んでくれそうなプレゼントを毎年必死で考えて手作りしていた。今よりずっと無垢で屈託のない女の子だった。

「私、こんなんで二十七になっていいのかなあ」

　私がポツリと漏らすと、

「大丈夫、大丈夫。二十六歳のあんたに比べたら、今のあんたのほうがずっとしっかりしてるから。自分じゃ気付かないところでちゃんと成長してるから」

　明日子さんが、きっぱりと断言してくれた。

「一年って、本当に短いようで長いよね。いろんなことが変化する。あっ、でも、長いようで短いって感じるときもあるね。まっ、充実してればそれでいいや私。とにかく、今年は彼氏が欲しい。仕事、仕事で、恋したときのあのキュンってした感じがどんなんだったかおぼえてないんだもん。雅博おじさん、私に誰か紹介して！」

　美雨が雅博おじさんに切羽詰まった声を出す。

「俺の周りで誰かいるかなあ？　美雨ちゃん、どんな人がタイプ？」

「タイプとかもうすでにわからなくなってる。とにかくキュンとしたいの。仕事の邪魔にならないけど生活にハリが出るような人で、あんまり干渉してこなくて自分で家事とかちゃんとできる人で、あと……ウザくない人！」

「あんたは男か？」

明日子さんが鋭く突っ込む。それを受けるように雅博おじさんは、

「難しいなあ、美雨ちゃんの理想の男。でも、誰かを好きになるとか大事に思うとか、すごく大切なことだから、二十代はどんどん恋をしなさい。まあ、恋は突然始まるからね。案外、ひょっこり好きな人ができるよ。ただし、賢い女性でいなくちゃダメだよ。自分を見失って傷付けるような恋ならしない方がいい。とりあえず乾杯しよう！　直実と美雨ちゃんの二十七歳を祝って。あと、君たちに素晴らしい恋が訪れることを願って」

私と美雨に説き聞かせて、思いきりシャンパンのコルクを親指で弾いた。

シャンパングラスを合わせ乾杯して、四人で一杯目を飲み干したとき、もう一人のゲストがやってきた。

「遅れてすみません。急患が入っちゃって」

汗だくで入って来たすこやか先生は、豪華な花束を三つ持っている。

「これ、直実さんと美雨さんに。お誕生日おめでとうございます。何を贈ったらいいのかわからなくて、ありきたりで申し訳ないんですが……」

何度か『ビューティフルレイン』に食事に来てくれて、美雨ともすっかり顔なじみになっていた先生は、真っ赤に照れながら私と美雨に花束を手渡してくれた。

「うわあ、ありがとうございます。すごく綺麗！　全然ありきたりじゃないですよ。最近誰かに花を貰うなんてことなかったから嬉しい！　あっ、先生、さっきも話してたんですけど、誰か素敵な人がいたら私に紹介してください！」

先ほどと同じことを言う美雨に、先生は「はい」とも「いいえ」とも言えずに面喰《めんくら》っている。そして美雨の必死なまなざしから逃げるように明日子さんの方を向いて、

「それから明日子さん、なんか、女性が三人居るのに、おひとりだけに花束がないのもどうかと思いまして」

とてもあたふたしながら、そう言って明日子さんにも花束を渡した。

「えっ、私にまで？　なんかすみません。ありがとうございます」

困ったように花束を受け取る明日子さん。機転がきいているのかそうでないのかよくわからないすこやか先生の振る舞いに、「先生らしいな」と、私は何だか可笑しくなってしまった。

前回のホームパーティーのときよりはずっと和気あいあいと食事をしながら、話題は自然にこの間の乗馬のことになった。

「サクラ、可愛かったんだよ。なんかね、ホントにどこかハナに似てたの。すごく楽しくて価値のある時間だった」

私がそう言うと、明日子さんが、

「いいなあ。次は絶対に私も行きたい！」

興奮気味に言った。すこやか先生は黙ってニコニコしながらうなずいている。

「あのさ、直実に聞きたいことがあるんだよね」

やにわに雅博おじさんの真顔がこちらに向く。

「実は、今年の直実の誕生日プレゼントに子猫をプレゼントしようと思ってたんだ。どう？　もう猫は飼いたくない？　ちゃんと直実の意見を聞いてからがいいと思って」

雅博おじさんのその言葉に、

「子猫……」

思わず呟く。それから、ごく短い時間の中で私なりに心の整理をして、みんなの目を見ながら、私は陳述した。

「私ね、ハナが死んでから、心が壊れたみたいになっちゃって、理路整然と物事を考えられなくなって。それでも、最近やっと、ほんの少しだけど感情の軌道修正ができるようになってきたの。それでね、気付いたんだ」

テーブルを囲んでいる四人全員が何も言わずに私を凝視している。

「ハナを失った悲しみは一生消えないんだって。もうこの心の痛みは乗り越えたり誤魔化したりするものじゃなくて、認めることだってようやく思ったの。認めながら、ハナが生きていたことも闘病してたことも死んじゃったことも全部思い出として自分の中で一生大切にしようって。十三年間も、ハナが私と一緒に居てくれたことって、私の人生の一番の宝物になってるの。全然おおげさじゃなく、本当にそう思う。だから、その宝物を自分の心の中にきちんと保管して、ずっと大事にしていたいんだ。だけどね、今の私はまだまだハナの思い出を心の中の然るべきところに保管しきれてない状態なの。でも、もっと時間が経ったら、それがちゃんとできるようになると思う。だから、そうできるまでは新しい猫と一緒に暮らさない方がいい気がする。ごめん、私、説明するのが下手で、言いたいことがちゃんと伝わってないかも」

相変わらずみんなが黙ったまま、首を横に振る。

「今、新しい猫が私のところにやってきたら、ハナとその新しい子を比べちゃって、ますますハナを思い出しちゃう。その子をハナの身代わりとしてしか見られないような気がするんだよね」

私が一息にそう言うと、すこやか先生が、

「愛するペットを失った悲しみを癒す一番の方法は、新しいペットをすぐに飼うことだって言う人がたくさんいますが、僕はそうじゃない気がします。ハナちゃんはハナちゃんなんです。代わりの猫はいないんです。ハナちゃんの存在を失った辛さは、一生ずっと消えないと思います。でも、直実さんが言ったみたいに、その辛さをしまう場所が心のどこかにできて、いつか思い出に変わったら、きっと新しい子を迎える気持ちの準備が整うはずです。その子と一緒に暮らし始めたら、ハナちゃんの代わりになるのではなく、新たな愛しい存在が登場するってことになると思います。だから、直実さん、心の準備ができたらどんどん新しい命を育んでください。直実さんは、動物にとって素晴らしい飼い主……飼い主じゃないな、素晴らしい家族になれる人だと思います」

診察室に居るときと同じ語気で、そして私から目を逸らすことなくそう言ってくれた。すこやか先生の言葉を聞いて、またほんの少し、ハナの存在を思い出に変えられ

たような心持ちになった私は、

「そうなったら、どんどん猫を増やします。いつか、たくさんの猫と一緒に暮らします」

晴れ晴れと宣言した。

雅博おじさんも明日子さんもふんわりした表情でうなずいていたし、美雨は、

「たくさんの猫に囲まれて暮らしたら、直実、きっとすごーく幸せだよ。なんか私まで楽しみ」

それが遠い未来ではないような、躍る口ぶりでそう言った。


行けないと思っていた場所に行けたときに、人はどう思うのだろう。

高層マンションの三十九階に住み始めたとき、私は空に近い場所で暮らすことを、とても幻想的で摩訶《まか》不思議なことだと思い込んだ。

実際、ここに住み始めてから、今までの人生では経験したことのない、現実なのか非現実なのか判別できないような出来事が続発した。それによって私は、無自覚のうちに自分で自分自身を更にまやかしていたのかもしれない。天空に近いところに居る意識が強くなりすぎて、どんどん地に足が着かなくなり、平常の自分を遠ざけるよう

になってしまっていた。そして、それを全部、空のせいにしていたのだ。

空が誰にとっても心の解放区だということを、こんなに空に近いところに住んでいながら私はすっかりと忘れてしまっていた。


今日も、窓の外には果てしなく広い空が広がっている。ところどころに浮かんでいる夏雲の白が空の青に映えている。

ハナが寝転がっているような形の雲。ハナがちょこんと座っているみたいな雲。コロコロしている頃のハナ。痩せてしまったときのハナ。それぞれの雲に大好きだったハナのいろんなポーズを重ねてみる。

いつまでも飽きることなくそうしていたら、ふっと「ハナは天国に行ったんだなあ」と思った。穏やかな、とまでは言わないが、悲嘆でも苦悩でもない、懐かしくてせつない感情が胸に溢れた。ハナが逝ってしまって以来、何度も何度もハナを思い浮かべたが、今までとは全く異なる感情だった。それは私にとって、まさしく青天の霹《へき》靂《れき》だった。

夏雲たちは風に乗って、ゆっくりゆっくりと遠くに流れて消えていった。

そして、私は今日も空に住んでいる。

本書は二〇一三年六月、講談社より単行本で刊行されました。

空に住む ～Living in your sky～　　Words by Masato Odake

今日の空は晴れてますか？
どんな色をしていますか？
流れる日々に　迷わぬように　見上げていてください
数えることできないくらい
たくさんの夢があなたを
見守ってるから　待っているから　うつむかずに　笑っててよ

あなたが涙を流すたびに　ただ黙り込んで
慰める言葉も　知らずにいた僕を許して

ありがとうって言えないまま
あなたに逢えなくなってしまったけれど
I'm living in your sky　この空に　僕はいる
誰よりも愛してた…いつまでも愛してる

この世界は思うよりも
優しさで溢れています
たとえどんなに　未来を遠く　感じたって　負けないで

あなたが初めて僕のことを　抱きしめたときに
感じた温もりは　今でもこの胸にあるから

ごめんねって言えないまま
あなたに逢えなくなってしまったけれど
I'm living in your sky　この空の　彼方から
晴れた日も　雨の日も　いつだって愛してる

はぐれた孤独を　繋ぎながら　僕らの空は広がる

ありがとうって言えないまま
あなたに逢えなくなってしまったけれど
I'm living in your sky　この空に　僕はいる
誰よりも愛してた…いつまでも愛してる

|著者| 小竹正人　作詞家。新潟県出身。カリフォルニア州立大学卒業。作詞家としての作品提供は、小泉今日子、中山美穂、藤井フミヤ、中島美嘉、久保田利伸、EXILE、三代目J SOUL BROTHERS from EXILE TRIBEなど、メジャーアーティストを中心に多数に及ぶ。また、作詞曲「花火」がレコチョク「2012年最も泣けた曲ランキング」で1位を獲得、「Unfair World」が第57回日本レコード大賞を受賞している。

空《そら》に住《す》む
小竹正人《おだけまさと》

2020年９月15日第１刷発行
2020年10月７日第２刷発行

講談社文庫
定価はカバーに
表示してあります

発行者――渡瀬昌彦
発行所――株式会社　講談社
東京都文京区音羽2-12-21　〒112-8001
電話　出版（03）5395-3510
　　　販売（03）5395-5817
　　　業務（03）5395-3615
Printed in Japan

デザイン―菊地信義
本文データ制作―講談社デジタル製作
印刷―――中央精版印刷株式会社
製本―――中央精版印刷株式会社

ISBN978-4-06-521117-5

講談社文庫刊行の辞

二十一世紀の到来を目睫に望みながら、われわれはいま、人類史上かつて例を見ない巨大な転換期をむかえようとしている。

世界も、日本も、激動の予兆に対する期待とおののきを内に蔵して、未知の時代に歩み入ろうとしている。このときにあたり、創業の人野間清治の「ナショナル・エデュケイター」への志を現代に甦らせようと意図して、われわれはここに古今の文芸作品はいうまでもなく、ひろく人文・社会・自然の諸科学から東西の名著を網羅する、新しい綜合文庫の発刊を決意した。

激動の転換期はまた断絶の時代である。われわれは戦後二十五年間の出版文化のありかたへの深い反省をこめて、この断絶の時代にあえて人間的な持続を求めようとする。いたずらに浮薄な商業主義のあだ花を追い求めることなく、長期にわたって良書に生命をあたえようとつとめるところにしか、今後の出版文化の真の繁栄はあり得ないと信じるからである。

同時にわれわれはこの綜合文庫の刊行を通じて、人文・社会・自然の諸科学が、結局人間の学にほかならないことを立証しようと願っている。かつて知識とは、「汝自身を知る」ことにつきていた。現代社会の瑣末な情報の氾濫のなかから、力強い知識の源泉を掘り起し、技術文明のただなかに、生きた人間の姿を復活させること。それこそわれわれの切なる希求である。

われわれは権威に盲従せず、俗流に媚びることなく、渾然一体となって日本の「草の根」をかたちづくる若く新しい世代の人々に、心をこめてこの新しい綜合文庫をおくり届けたい。それは知識の泉であるとともに感受性のふるさとであり、もっとも有機的に組織され、社会に開かれた万人のための大学をめざしている。大方の支援と協力を衷心より切望してやまない。

一九七一年七月

野間省一

荻原　浩　家族写真
小野正嗣　九年前の祈り
大友信彦　釜石の夢〈被災地でワールドカップを〉
大友信彦　オールブラックスが強い理由〈世界最強チーム勝利のメソッド〉
乙　一　銃とチョコレート
織守《おりがみ》きょうや　霊感検定
織守きょうや　霊感検定〈心霊アイドルの憂鬱〉
織守きょうや　霊感検定〈春にして君を離れ〉
織守きょうや　少女は鳥籠《とりかご》で眠らない
岡本哲志《さとし》　銀座を歩く〈四百年の歴史体験〉
クァク・ジェヨン原案　鬼塚　忠著　風の色
おーなり由子　きれいな色とことば
岡崎琢磨　病弱探偵〈謎は彼女の特効薬〉
小野寺史宜《ふみのり》　その愛の程度
小野寺史宜　近いはずの人
小野寺史宜　それ自体が奇跡
大崎　梢　横濱エトランゼ
小竹正人　空に住む
海音寺潮五郎　新装版　江戸城大奥列伝

海音寺潮五郎　新装版　孫子(上)(下)
海音寺潮五郎　新装版　赤穂義士
加賀乙彦　新装版　高山右近
加賀乙彦　ザビエルとその弟子
柏葉幸子　ミラクル・ファミリー
勝目　梓　小説家
勝目　梓　ある殺人者の回想
鎌田　慧　残夢〈大逆事件を生き抜いた坂本清馬の生涯〉
桂　米朝　米朝ばなし〈上方落語地図〉
笠井　潔　梟《ふくろう》の巨《おお》なる黄昏《たそがれ》
笠井　潔　青銅の悲劇(上)(下)〈瀕死の王〉
川田弥一郎　白く長い廊下
神崎京介　女薫の旅　激情たぎる
神崎京介　女薫の旅　奔流あふれ
神崎京介　女薫の旅　陶酔めぐる
神崎京介　女薫の旅　衝動はぜて
神崎京介　女薫の旅　放心とろり
神崎京介　女薫の旅　感涙はてる
神崎京介　女薫の旅　耽溺《たんでき》まみれ

神崎京介　女薫の旅　誘惑おって
神崎京介　女薫の旅　秘に触れ
神崎京介　女薫の旅　禁の園へ
神崎京介　女薫の旅　欲の極み
神崎京介　女薫の旅　青い乱れ
神崎京介　女薫の旅　奥に裏に
神崎京介　I　LOVE
神崎京介　美人と張形〈四つ目屋繁盛記〉
加納朋子　ガラスの麒麟
角田光代　まどろむ夜のUFO
角田光代　夜かかる虹
角田光代　恋するように旅をして
角田光代　庭の桜、隣の犬
角田光代　人生ベストテン
角田光代　ロック母
角田光代　彼女のこんだて帖
角田光代　ひそやかな花園
川端裕人　せちやん〈星を聴く人〉
川端裕人　星と半月の海

講談社文庫　目録

講談社文庫　目録

講談社文庫　目録

講談社文庫 目録

講談社文庫　目録

今野　敏　特殊防諜班　諜報潜入
今野　敏　特殊防諜班　聖域炎上
今野　敏　特殊防諜班　最終特命
今野　敏　茶室殺人伝説
今野　敏　奏者水滸伝　白の暗殺教団
今野　敏　フェイク〈疑惑〉
今野　敏　同　期
今野　敏　欠　落
今野　敏　変　幻
今野　敏　警視庁ＦＣ
今野　敏　継続捜査ゼミ
今野　敏　蓬　莱〈新装版〉
今野　敏　イコン〈新装版〉
後藤正治　天　人〈深代惇郎と新聞の時代〉
幸田文　崩　れ
幸田文　台所のおと
幸田文　季節のかたみ
小池真理子　冬の伽藍
小池真理子　ノスタルジア
小池真理子　夏の吐息
小池真理子　千日のマリア
幸田真音　日本国債（上）（下）〈改訂最新版〉
五味太郎　大人問題
鴻上尚史　ちょっとしたヒント　あなたの魅力を演出する
鴻上尚史　表現力のレッスン　あなたの思いを伝える
鴻上尚史　八月の犬は二度吠える
鴻上尚史　鴻上尚史の俳優入門
鴻上尚史　青空に飛ぶ
小泉武夫　納豆の快楽
近藤史人　藤田嗣治「異邦人」の生涯
小前　亮　李《り》世《せい》民《みん》
小前　亮　趙《ちょう》匡《きょう》胤《いん》〈宋の太祖〉
小前　亮　朱元璋　皇帝の貌《かお》
小前　亮　覇《は》帝《てい》フビライ〈世界支配の野望〉
小前　亮　唐　玄　宗　紀
小前　亮　賢帝と逆臣と〈康熙帝《こうきてい》と三藩の乱〉
小前　亮　始皇帝の永遠〈天下一統〉
香月日輪　妖怪アパートの幽雅な日常①
香月日輪　妖怪アパートの幽雅な日常②
香月日輪　妖怪アパートの幽雅な日常③
香月日輪　妖怪アパートの幽雅な日常④
香月日輪　妖怪アパートの幽雅な日常⑤
香月日輪　妖怪アパートの幽雅な日常⑥
香月日輪　妖怪アパートの幽雅な日常⑦
香月日輪　妖怪アパートの幽雅な日常⑧
香月日輪　妖怪アパートの幽雅な日常⑨
香月日輪　妖怪アパートの幽雅な日常⑩
香月日輪　妖怪アパートの幽雅な食卓〈るり子さんのお料理日記〉
香月日輪　妖怪アパートの幽雅な人々〈妖アパミニガイド〉
香月日輪　妖怪アパートの幽雅な日常〈ラスベガス外伝〉
香月日輪　大江戸妖怪かわら版①〈異界より落ち来る者あり〉
香月日輪　大江戸妖怪かわら版②〈異界より落ち来る者あり　其之二〉
香月日輪　大江戸妖怪かわら版③〈封印の娘〉
香月日輪　大江戸妖怪かわら版④〈天空の竜宮城〉
香月日輪　大江戸妖怪かわら版⑤〈雀、大浪花に行く〉
香月日輪　大江戸妖怪かわら版⑥〈魔狼、月に吠える〉
香月日輪　大江戸妖怪かわら版⑦〈大江戸散歩〉

講談社文庫　目録

講談社文庫　目録

講談社文庫　目録

杉山文野　ダブルハッピネス
諏訪哲史　アサッテの人
菅野雪虫　天山の巫女《みこ》ソニン(1)　黄金の燕
菅野雪虫　天山の巫女《みこ》ソニン(2)　海の孔雀
菅野雪虫　天山の巫女《みこ》ソニン(3)　朱烏《あけがらす》の星
菅野雪虫　天山の巫女《みこ》ソニン(4)　夢の白鷺
菅野雪虫　天山の巫女《みこ》ソニン(5)　大地の翼
鈴木大介　ギャングース・ファイル〈家のない少年たち〉
鈴木みき　日帰り登山のススメ〈あした、山へ行こう！〉
瀬戸内寂聴　新寂庵説法　愛なくば
瀬戸内寂聴　人が好き［私の履歴書］
瀬戸内寂聴　白　道
瀬戸内寂聴　寂聴相談室 人生道しるべ
瀬戸内寂聴　瀬戸内寂聴の源氏物語
瀬戸内寂聴　愛する能力
瀬戸内寂聴　藤　壺
瀬戸内寂聴　生きることは愛すること
瀬戸内寂聴　寂聴と読む源氏物語
瀬戸内寂聴　月の輪草子

瀬戸内寂聴　新装版 寂庵説法
瀬戸内寂聴　死に支度
瀬戸内寂聴　新装版 蜜と毒
瀬戸内寂聴　新装版 花《か》怨《えん》
瀬戸内寂聴　新装版 祇《ぎ》園女御《おんにょうご》(上)(下)
瀬戸内寂聴　新装版 かの子撩乱
瀬戸内寂聴　新装版 京まんだら(上)(下)
瀬戸内寂聴・訳　源氏物語　巻《まき》一《いち》
瀬戸内寂聴・訳　源氏物語　巻《まき》二《に》
瀬戸内寂聴・訳　源氏物語　巻《まき》三《さん》
瀬戸内寂聴・訳　源氏物語　巻《まき》四《し》
瀬戸内寂聴・訳　源氏物語　巻《まき》五《ご》
瀬戸内寂聴・訳　源氏物語　巻《まき》六《ろく》
瀬戸内寂聴・訳　源氏物語　巻《まき》七《しち》
瀬戸内寂聴・訳　源氏物語　巻《まき》八《はち》
瀬戸内寂聴・訳　源氏物語　巻《まき》九《く》
瀬戸内寂聴・訳　源氏物語　巻《まき》十《じゅう》
先崎　学　先崎学の実況！盤外戦
妹尾河童　少年Ｈ(上)(下)

瀬尾まいこ　幸福な食卓
関原健夫　がん六回　人生全快
瀬川晶司　泣き虫しょったんの奇跡　完全版〈サラリーマンから将棋のプロへ〉
瀬名秀明　月と太陽
仙川　環《たまき》　幸福の劇薬〈医者探偵・宇賀神晃〉
仙川　環　偽装診療〈医者探偵・宇賀神晃〉
瀬木比呂志　黒い巨塔〈最高裁判所〉
瀬那和章　今日も君は、約束の旅に出る
曽野綾子　新装版 無名碑(上)(下)
三浦朱門　曽野綾子　夫婦のルール
蘇部健一　六枚のとんかつ
蘇部健一　六とん２
蘇部健一　届かぬ想い
曽根圭介　沈底魚
曽根圭介　藁《わら》にもすがる獣たち
曽根圭介　ＴＡＴＳＵＭＡＫＩ〈特命捜査対策室７係〉
田辺聖子　川柳でんでん太鼓
田辺聖子　ひねくれ一茶
田辺聖子　愛の幻滅(上)(下)

2020年9月15日現在